Ashley Gilmore

Arielles Tochter
Wanda

Princess in love 3

Wanda – Arielles Tochter
Princess in love 3

ISBN 13: 978-1533146113

Kontakt: autorinashleygilmore@hotmail.com

Email: ashleygilmore.jimdo.com

Lieben wir sie nicht alle, die klassischen Märchen um Dornröschen, Schneewittchen und Co.? Wer aber wusste, dass diese inzwischen heranwachsende Töchter haben, die auf der Suche nach ihren eigenen Prinzen sind? Nach ihrem Abschluss an der Crown School absolvieren die Prinzessinnen ein 6-monatiges Magical in der Realen Welt – Zauber und Liebe inklusive. Aber welche von ihnen will am Ende überhaupt noch zurück nach Fairyland?

Wanda, Tochter von Arielle und Prinz Eric, verschlägt es nach Miami. Dort soll sie ihr sechsmonatiges Magical absolvieren und ein wenig Magie verbreiten. Eigentlich möchte Wanda nur Gutes tun und fängt als Altenpflegerin in einem Seniorenheim an, wo sie mit Leidenschaft ihre Märchengeschichten erzählt, doch dann wird sie am Strand von einem Modelscout entdeckt, der das neue Supermodel aus ihr machen will. Wird sie sich auf dieses Abenteuer einlassen?

FAIRYLAND

Kapitel 1

Wanda saß im Klassenzimmer und träumte vor sich hin. Sie spielte mit einer ihrer langen blonden Locken, die sie so sehr vom Rest ihrer Familie unterschieden. Ihre Mutter Arielle und auch ihre beiden Schwestern und die beiden Brüder hatten allesamt rotes Haar, ihr Vater schwarzes. Woher sie das blonde Haar hatte, wusste keiner.

Als sie noch ein kleines Mädchen gewesen war, hatten ihre Brüder sie stets geärgert und gesagt, dass sie bei der Geburt vertauscht worden sei. Viele Jahre hatte Wanda sich deswegen als Außenseiterin gefühlt, heute aber fühlte sie sich pudelwohl in ihrer Haut, vor allem weil es da eine ganz bestimmte Person gab, die ihr gesagt hatte, dass sie ihre Haare wunderschön fand.

Sie musste lächeln, als sie an ihn dachte.

»Amerika?«, hörte sie Julia, Schneewittchens Tochter, verwundert flüstern.

»Oh nein«, sagte Heather, Belles Tochter, enttäuscht.

Wanda blickte überrascht auf. Hatten Mrs. Happy und Mr. Everafter etwa schon verkündet, wohin es für sie auf ihr sechsmonatiges Magical, das sie in der Realen Welt verbringen durften, gehen würde?

Sie sah sich um, erhaschte viele erstaunte, enttäuschte und auch freudige Gesichter, dann sah sie zur Tafel. An diese hatte ihre Lehrerin Mrs. Happy soeben das Ziel geschrieben: Amerika.

Mrs. Happy schwang noch einmal den Zauberstab, machte ein paar fröhliche Hüpfer und strahlte die Klasse an. Dann begann sie zu erklären, was es mit dem einzelnen Wort an der Tafel auf sich hatte. Die Prinzessinnen hatten auf ganz andere Ziele gehofft, und dabei natürlich auch auf mehr als nur eines.

Einige von ihnen hatten sich romantische Städte wie Paris oder Florenz gewünscht, andere aufregende Orte wie Ägypten oder Brasilien. Die Prinzessinnen aus dem letzten Jahrgang waren allesamt nach Europa geschickt worden. Wandas Schwester Chloe schwärmte noch immer von Prag. Dieses Mal sah die Sache aber anscheinend anders aus. Und Mrs. Happy offenbarte ihnen auch gleich, warum.

Amerika sei das Land in der Realen Welt, in dem das Märchenbarometer im vergangenen Jahr am meisten gesunken war. Die Amerikaner glaubten nicht mehr an die wahre Liebe, an Romantik und vor allem nicht an Märchen. Die amerikanischen Eltern erzählten ihren Kindern vor dem Zubettgehen keine Märchen mehr, die Kleinen wollten keine Jugendgeschichten der Großeltern mehr hören, kaum ein Kind las noch Märchenbücher. Wenn sie mal ein Buch in die Hand nahmen, waren es nicht die Geschichten von Cinderella oder Dornröschen, sondern moderne Action-Geschichten, Comics über Superhelden, Ganoven und Mörder. Und dieselbe Art von Spielen spielten sie. Schon in den Köpfen der kleinen Kinder nisteten sich Mord und Totschlag ein. So durfte es auf keinen Fall weitergehen, denn würde die neue Generation erst an die Macht kommen, wäre das ganze Land dem Untergang geweiht.

Wegen all dem hatte der Hohe Märchenrat beschlossen, die Prinzessinnen aus diesem Jahrgang allesamt nach Amerika zu schicken, damit sie dort Magie und Liebe verbreiten konnten und die Menschen wieder daran glauben ließen, dass es Märchen und Wunder wirklich noch gab.

Wanda hörte Mrs. Happy nur mit einem Ohr zu. Ihr war es völlig gleichgültig, wo sie hingeschickt werden würde. Kein Ort, der nicht Fairyland war, könnte sie glücklich machen. Denn das, was sie brauchte, würde nicht dort sein.

Gedankenverloren griff sie nun in den Hut, den Mr. Everafter ihr hinhielt, und zog einen Zettel.

MIAMI stand darauf.

Miami – ihr Ziel für die nächsten sechs Monate. Wie sehr sie sich wünschte, sie müsste nicht gehen. Aber es war ihre Aufgabe, ihre allerletzte Prüfung, und wie alle anderen Märchenprinzessinnen würde sie sich ihrem Schicksal fügen.

Kapitel 2

»Wo geht es für dich hin, Wanda?«, erkundigte sich Tania, Rapunzels Tochter, nach dem Unterricht bei ihr.

Wanda seufzte. »Nach Miami.«

»Das ist doch wundervoll. Sonne, Strand und Meer – und das sechs ganze Monate lang. Das ist genau deine Welt, liebste Freundin.«

Tania sah sie aufgeregt an.

Sie wünschte, sie könnte sich ebenso freuen, aber leider wurde ihre Laune von Minute zu Minute schlechter.

Sie versuchte dennoch zu lächeln, denn sie wusste ja, wie sehnsüchtig ihre beste Freundin auf diesen Tag gewartet hatte.

»Ja, du hast recht. Der Ort ist wirklich perfekt für mich.«

Sie hatte natürlich schon von Florida mit seinen langen Sandstränden in verschiedenen Büchern im Fach Literatur der Realen Welt gelesen. Und für sie als Wasserratte wäre es tatsächlich der Himmel auf Erden gewesen, wenn nicht ...

Nein, sie durfte nicht schon wieder darüber nachdenken. Es gab ja doch keinen Ausweg aus dieser Situation. Stattdessen nahm sie Tanias Hand in ihre und fragte: »Sag, meine Liebe, wo geht es denn nun für dich hin?«

»Ich dachte schon, du fragst nie.« Tania konnte ihre Begeisterung kaum noch im Zaum halten. »Für mich geht es auf nach Nashville.«

»Nashville? Ist das nicht in ...« Sie versuchte, sich die Landkarte der Vereinigten Staaten von Amerika ins Gedächtnis zu rufen. »... irgendwo in der Mitte?«

Tania lachte. »Ja, irgendwo in der Mitte. In Tennessee, glaube ich. Wenn ich ehrlich sein soll, weiß ich noch so gut wie überhaupt nichts über Nashville. Aber das werde ich sofort ändern. Ich mache mich gleich auf in die Bücherei, kommst du mit?«

Die Crown School hatte eine der größten und umfangreichsten Bibliotheken von Fairyland, dort hätte auch Wanda sicher einiges über ihren Magical-Ort erfahren. Aber sie hatte keine große Lust dazu. Viel lieber wollte sie jetzt allein sein, einen Brief schreiben an ihren Liebsten, den sie so furchtbar lange nicht sehen würde.

»Es tut mir leid, Tania, aber mir geht es heute nicht allzu gut. Ich werde jetzt auf mein Zimmer gehen und mich ein wenig ausruhen.«

»Aber natürlich, Wanda. Es war wohl einfach ein wenig zu viel Aufregung für dich. Möchtest du, dass ich Mrs. Wonderful Bescheid sage?«

Mrs. Wonderful war die gute Fee der Crown. Sie hatte für jedes Wehwehchen ein Zaubermittel. Nur gab es für diese »Krankheit« leider keins.

Wer konnte schon ein verzweifeltes Herz heilen?

»Nein, nein, das musst du nicht. Es ist wohl ganz, wie du sagst. Es war einfach zu viel heute. Ich werde mich eine Weile hinlegen und bis zum Abendessen bestimmt wieder wohlauf sein.«

»Das hoffe ich sehr. Heute gibt es Hasenbraten.« Tania gab ihr eine liebevolle Umarmung. »Ich wünsche dir gute Besserung!«

»Vielen Dank, meine Liebe.«

Sie sah Rapunzels Tochter nach, deren Haar bis zum Boden ging. Ach, wenn sie ihr doch nur sagen könnte, was wirklich mit ihr los war, was sie bedrückte. Wie gerne hätte sie jemandem ihr Herz ausgeschüttet. Doch William und sie hatten abgemacht, es noch geheim zu halten, solange bis sie zurück von ihrem Magical war. Dann würde William zu ihrem Vater, Prinz Eric, gehen, und um ihre Hand anhalten.

Während sie nun zu ihrem Gemach schritt, konnte sie an nichts anderes denken. Am Ende des Jahres würde sie Williams Frau sein, sie musste sich nur gedulden. Wenn das doch nur so einfach wäre.

In ihrem Zimmer saß sie gedankenverloren an ihrem Schreibtisch und schrieb viele verliebte Zeilen an ihren William, den sie schon so schrecklich vermisste, wenn sie hier an der Crown war. Wie würde es erst werden, wenn sie nicht nur drei Königreiche, sondern gleich eine ganze Welt weit von ihm getrennt war?

Eine kleine Träne fiel ihr über die Wange und hinab auf das mit einem goldenen Rand verzierte Briefpapier. Sie wischte die Träne nicht weg, sah dabei zu, wie sie die Buchstaben verwischte, und ließ sie dann trocknen. William sollte ruhig wissen, wie ihr zumute war.

Sie erhob sich und schritt zum Fenster hin, der Saum ihres weißen Kleides mit dem lila Blumenmuster streifte über den Boden. Sie machte sich nicht die Mühe, es anzuheben. Ach, es war doch alles überhaupt nicht von Bedeutung.

Der Anblick aus ihrem hohen Burgfenster bot ihr an diesem Nachmittag eine Sonne, die strahlend am Himmel stand und weite Felder mit hübsch getrimmten Bäumen in allen nur erdenklichen Formen. Die Kirschbäume blühten wunderschön und die Vögel sangen ein liebliches Lied. Unten im Burggarten wuchsen Rosen, Lilien und Orchideen. Letztere waren ihre Lieblingsblumen, am liebsten hatte sie die weißen. William wusste dies und hatte ihr mehr als einmal welche geschenkt, die sie gehegt hatte, bis sie so unansehnlich waren, dass jede weitere Aufbewahrung einen Verdacht geweckt hätte.

Wer würde ihr in Miami weiße Orchideen schenken? Wollte sie sie überhaupt von jemand anderem bekommen als von William?

Es klopfte an der Tür.

»Herein.«

Die Tür öffnete sich und Tania steckte einen Kopf herein. »Es ist Zeit fürs Abendessen. Geht es dir besser?«

Wanda seufzte, versteckte schnell den Brief in der Schublade und nickte. »Ich komme, liebste Freundin.«

Kapitel 3

Die Wochen vergingen, die letzten Abschlussarbeiten wurden geschrieben, und obwohl Wanda gar nicht ganz bei der Sache war, bestand sie sie mit exzellenten Noten. Die Abschlussfeier wurde geplant, die Kleider wurden ausgesucht, die Frisuren wurden besprochen, und die Vorbereitungen für den Tag aller Tage wurden getroffen.

»Das ist so aufregend«, sagte Tania immer wieder. Sie war eine sehr emotionale und temperamentvolle Prinzessin. Während Wanda eher still und zurückhaltend war, posaunte Tania stets heraus, wie sie sich fühlte oder was ihr auf dem Herzen lag. Das hatte einen Vorteil: Jeder wusste um ihren Gemütszustand und konnte sich darauf einstellen.

Wanda dagegen war ein verschlossenes Buch, was nicht immer gut war, weil sie dadurch oft allein mit ihren Sorgen war.

»Was ziehe ich nur an?«, fragte Tania eines Morgens beim Frühstück.

»Zur Abschlussfeier meinst du?«

»Zur Abschlussfeier, zum großen Frühlingsball, und vor allem am Tag unseres Weggangs. Welches ist denn nur die richtige Aufmachung für Nashville? Wenn ich doch nur wüsste, was die Leute dort tragen.«

»Das wirst du schon ganz bald herausfinden. Und bis dahin trage einfach dein liebstes Kleid, da kannst du gar nichts verkehrt machen.«

»Ob ich wohl einen guten Eindruck mache?« Tania war wirklich sehr besorgt und machte sich eine Million Gedanken.

»Oh, liebste Tania. Das wirst du, ganz bestimmt. Wer könnte dich nicht beim ersten Anblick ins Herz schließen?«

Tania fasste sich ans Herz. »Du bist wirklich eine wunderbare Freundin. Was werde ich nur ohne dich tun? Wer wird mir denn dann nur gut zureden?«

»Du wirst bestimmt schon bald ein paar neue Freunde finden«, sagte Wanda zuversichtlich.

»Meinst du wirklich? Ich muss gestehen, es macht mir ein wenig Angst, an einen Ort zu gehen, an dem ich keine Menschenseele kenne.«

»Ja, mir auch. Das ist ja aber der Sinn der Sache. Wir sollen uns an einem uns völlig fremden Ort zurechtfinden. Und mehr noch als das: Wir sollen fremde Menschen dazu bringen, wieder an die Liebe zu glauben.«

Tania lachte. »Wer hatte nur die Idee dazu?«

»Unsere lieben Eltern.«

»Und der Hohe Märchenrat.«

Ja, alle zusammen hatten sich diese Neuerung vor einigen Jahren ausgedacht, als das Märchenbarometer in der Realen Welt begann, so drastisch zu sinken. Ihr Jahrgang war nun schon der fünfte, der auf ein Magical ging, und es hatte geholfen. Zumindest an den Orten, an die die Prinzessinnen bisher geschickt worden waren, war das Barometer wieder gestiegen.

»Wir werden es ganz sicher meistern, hab keine Bedenken, Tania«, redete Wanda ihrer Freundin nun noch einmal gut zu.

»Ich hoffe es sehr.«

Auf dem Weg zum Klassenzimmer hörte Wanda die Töchter von Cinderella und Dornröschen – Lizzy und Rosaly – über den großen Frühlingsball reden, der am Tag nach der Abschlussfeier im Schloss von Rosalys Eltern Dornröschen und Prinz Phillip gehalten werden sollte. Rosaly fragte Lizzy, ob sie daran teilnehmen werde und diese verkündete, dass sie nicht kommen, sondern ihr letztes Wochenende in der Märchenwelt lieber allein mit ihren Eltern verbringen wolle.

Wanda wollte nicht lauschen, sie vernahm die Worte nur im Vorbeigehen und sie musste gleich lächeln. Sie würde es sich nämlich keinesfalls nehmen lassen, auf dem Ball zu erscheinen. Sogar ihre Eltern und ihre ein Jahr ältere Schwester

Chloe, die einzige noch Unverheiratete unter den Geschwistern neben ihr, hatten schon zugestimmt und schienen sich auf den Ball zu freuen.

Als sie aber an just dem Nachmittag ein Telegramm erreichte, verflog Wandas Vorfreude auf der Stelle.

Das Telegramm kam von William. Sie konnte kaum glauben, was sie las. Nämlich dass William soeben von seinem Vater erfahren hatte, dass der kommende Ball weder ein schlichter Frühlingsball noch ein Abschiedsball für seine Schwester Rosaly sein sollte, sondern eine Brautschau für ihn!

Auf diesen Ball waren alle heiratsfähigen Prinzessinnen von Fairyland geladen, Prinzessinnen, die im letzten Jahr die Crown abgeschlossen und ihr Magical absolviert hatten, Prinzessinnen, die nun nach ihrer Rückkehr aus der Realen Welt auf der Suche nach ihrem Prinzen waren. Und dieser Prinz sollte William sein!

Ihr William!!!

Wanda wurde ganz flau im Magen. Im nächsten Moment schwankte sie. Nun musste sie sich erst einmal setzen und die Neuigkeit verdauen.

Was hatte all das für sie und William zu bedeuten, für ihre junge Liebe?

Oh, hätten sie doch nur ihren Familien von ihrer Verbindung erzählt, dann wäre es nie so weit gekommen. Doch nun war es zu spät. Außerdem gab es Gründe für ihre Zurückhaltung und die

Geheimnistuerei. Wanda war nicht einmal achtzehn, hatte ihr Magical noch nicht absolviert, sie war ganz bestimmt noch nicht reif für die Ehe – das zumindest dachten ihre Eltern.

Wanda selbst hätte William schon mit fünfzehn geheiratet, wenn sie gedurft hätte. Gleich nachdem er sie zum ersten Mal geküsst und ihr Herz für immer gestohlen hatte. Das war kurz vor seinem eigenen Weggang in die Reale Welt gewesen. Als Prinzensohn war er für sechs Monate nach Kiew gegangen, um den Politikern zur Hand zu gehen, die es bitter nötig hatten. Er hatte viele Eindrücke gewonnen und hatte sich verändert, aber er war zurückgekehrt – und sie hatte auf ihn gewartet.

Würde er nun auch auf sie warten? Obwohl es eine ganze Reihe von schönen Prinzessinnen gab, die sich um ihn scharten, und noch viel schlimmer: die ihn gleich heiraten konnten? Ihre Schwester Chloe war nur eine davon.

Wanda wurde mit jeder Sekunde nervöser. Wie sehr wünschte sie, William wäre jetzt hier und sie könnte ihn fragen, ob er dennoch auf sie warten würde. Leider konnte sie nichts tun, außer zu warten.

Am Tag ihrer Abschlussfeier kamen ihre Eltern mit der königlichen Kutsche zur Crown gefahren, sahen bei der Zeremonie zu, feierten mit ihr und ihren Freundinnen bis in die Nacht hinein, und nahmen sie dann mit aufs Schloss.

Natürlich konnte sie in dieser Nacht kein Auge zumachen, würde sie doch morgen endlich ihren William wiedersehen – zum vorerst letzten Mal.

Was würde der morgige Tag ihr bringen? Würde sie endlich Antworten finden? Und die alles entscheidende Frage war: Liebte William sie wirklich so sehr, wie sie es glaubte?

Kapitel 4

Wanda und William warfen sich den ganzen Abend über heimliche Blicke zu. Es brachte Wanda fast um den Verstand, all die anderen heiratswilligen Prinzessinnen in seiner Nähe zu sehen. Wie sie ihn umschwärmten, ihn umgarnten. Irgendwann hielt sie es nicht mehr aus und begab sich in den Schlossgarten.

Dort wandelte sie ziellos in ihrem grünen Ballkleid umher, allein das Mondlicht erhellte das Dunkel. Als sie ein knackendes Geräusch wahrnahm, erschrak sie. Zitternd drehte sie sich in Richtung der großen Trauerweide und erkannte William, der sich einen Weg durch die Zweige bahnte.

Erleichtert atmete sie aus.

»William.«

»Hier bist du. Ich habe schon überall nach dir gesucht.«

»Ich wollte ein wenig frische Luft schnappen«, sagte sie, weil sie sich nicht traute, die Wahrheit zu sagen.

Doch William kannte sie gut, wahrscheinlich besser als jeder andere. Er trat einen Schritt auf sie zu, griff nach ihrer Hand, lächelte sie zärtlich an und sagte: »Wanda, mein Herz. Du brauchst keine Sorge zu haben. Keine bedeutet mir auch nur im Mindesten so viel wie du.«

»Ach, William. Es ist wirklich schwer für mich, mir das mitanzusehen. Wenn wir doch nur endlich allen erzählen könnten, wie wir füreinander fühlen.«

»Das werden wir, vertraue mir.«

»Wann?«

»Gleich nach deinem Magical. Sobald du wieder da bist, werde ich es meinem Vater berichten und auch zu deinem Vater gehen und um deine Hand bitten.«

»Du willst wirklich auf mich warten, William?«

»Ich verspreche es dir, Wanda, hoch und heilig.« Er hob eine Hand zum Schwur und legte die andere aufs Herz – das Herz, das er ihr schon vor langer Zeit versprochen hatte.

Wanda streckte eine Hand aus und legte sie auf seine. Sie konnte seinen Herzschlag spüren, sein Herz pochte in starkem, regelmäßigem Rhythmus. Sie wusste, dass er sie niemals belügen würde.

»Ich glaube dir, mein Liebster.«

»Wahrscheinlich sollte ich mir viel mehr Sorgen machen«, sagte er ernst.

Verwirrt sah Wanda ihn an.

»Du bist immerhin diejenige, die in eine neue, aufregende Welt geht und viele neue Menschen kennenlernt. Männer kennenlernt ...«

»Oh, William ... sei unbesorgt. Ich werde keinem auch nur einen zweiten Blick schenken. Ich habe doch dich.«

Sie legte ihm eine Hand an die Wange. Er lächelte traurig.

»Und wenn es dir doch so gut gefällt, dass du entscheidest zu bleiben?«

»Wie könnte ich, wenn ich doch weiß, dass du hier auf mich wartest? Bitte, William, vertraue mir, wie ich dir vertraut habe, als du in die Reale Welt gingst. Nichts und niemand wird mich daran hindern, zu dir zurückzukommen. Wenn ich es dürfte, würde ich sogar darauf verzichten, überhaupt zu gehen. Viel lieber würde ich hier bei dir bleiben und gleich deine Frau werden.«

»Das würde ich niemals zulassen. Du musst unbedingt gehen und diese einmalige Erfahrung machen. Nur vergiss mich dabei bitte nicht.«

Wanda wusste, wie sehr William sein eigenes Magical genossen hatte, er hatte ihr oft davon erzählt. Dabei hatten seine Augen gestrahlt und er hatte glücklich wie nie gewirkt. Mehr als einmal hatte Wanda sich gefragt, ob er, wäre sie nicht gewesen, überhaupt zurück nach Fairyland gekommen wäre. Dann plagte sie ein schlechtes

Gewissen, weil er für sie vielleicht sein wahres Glück aufgegeben hatte.

Aber er sagte ihr so oft, dass nur sie sein wahres Glück und seine unendliche Liebe war, dass sie alle Bedenken schnell verwarf.

»Ich könnte dich niemals vergessen, William.«

Zärtlich beugte er sich herunter und küsste sie. Von der Außenwelt verborgen, standen sie unter der alten Trauerweide, wie sie es schon so oft getan hatten, und genossen ihre letzten gemeinsamen Momente.

William trat näher an den Baumstamm heran und schnitzte mit seinem Taschenmesser ihrer beider Initialen hinein.

W+W für immer.

»Was, wenn jemand es entdeckt?«, fragte Wanda besorgt.

»Das ist mir egal. Von mir aus kann die ganze Welt erfahren, dass wir uns lieben. Weißt du ... heute Morgen hätte ich es fast meiner Schwester erzählt, ich war kurz davor ...«

»Doch du hast es nicht getan.«

Er schüttelte den Kopf. »Ihr geht in dieselbe Klasse. Ich wollte kein Unbehagen zwischen euch verursachen.«

Guter William, er war so fürsorglich.

»Schon bald wird Rosaly meine Schwägerin sein, meine Schwester ...«

»Das wird sie. In sechs Monaten werden wir beide für immer eins sein.«

Als sie William jetzt in die Augen sah, hatte sie keinerlei Zweifel, dass er auf sie warten und ihr gleich nach ihrem Magical einen richtigen Antrag machen würde.

Damit lag sie jedoch falsch, wie sich sogleich herausstellte, als er auf die Knie ging und einen Ring aus seiner Fracktasche hervorholte, den er ihr entgegenhielt.

»William, was …?«

»Ich weiß, ich kann dir noch keinen offiziellen Antrag machen, aber ich möchte, dass du weißt, dass du die Eine für mich bist und dass ich nichts lieber möchte, als dich zur Frau zu nehmen. Ich liebe dich, Wanda, bitte mach mich zum glücklichsten Mann der Welt.«

Überwältigt nickte sie.

»Ja, William, natürlich möchte ich deine Frau werden.«

Sie zog sich den grünen Handschuh aus, damit William ihr den Ring anstecken konnte.

Sie küssten sich ein letztes Mal, dann sah Wanda ihrem Prinzen sehnsüchtig nach, wie er voranging, zurück auf den Ball, schön unauffällig, bevor sie ihm eine Minute später genauso unauffällig folgte.

Kapitel 5

Nach zwei durchfeierten Nächten war Wanda am Sonntag kaum aus dem Bett zu bekommen.

»Wach auf, meine Kleine. In zwei Stunden fährt deine Kutsche zur Crown ab«, hörte sie eine liebe Stimme flüstern.

Sie fühlte eine Hand ihr Haar streicheln; lächelnd öffnete sie die Augen einen Spalt und erkannte die Umrisse ihrer Mutter, ihr wallendes rotes Haar, die Muschelkette um ihren Hals.

»Ich mag noch nicht aufstehen«, grummelte sie.

»Bist du denn gar nicht aufgeregt? Ich glaube nicht, dass ich an deiner Stelle ein Auge zubekäme.«

»Du hast es gut, du musst auf kein Magical.«, sagte sie, noch im Halbschlaf. Doch sobald sie die Worte laut ausgesprochen hatte, erkannte sie, wie falsch sie gewesen waren, wieviel sie verrieten, würde man sie richtig deuten.

Sofort war sie hellwach und setzte sich auf.

»Du willst gar nicht auf dein Magical gehen?«, fragte Arielle verwundert.

»Doch, doch, natürlich. Ich ... ich werde euch nur alle ganz schrecklich vermissen«, versuchte sie sich zu retten.

Ihre Mutter schien es ihr abzunehmen, denn sie nickte.

»Ich verstehe dich gut, mein Schatz. Aber sechs Monate werden so schnell um sein, glaube mir. Ehe du dichs versiehst, bist du wieder zurück in Fairyland.«

»Wahrscheinlich hast du recht, Mutter.«

»Weißt du, Wanda, es gibt Momente, da beneide ich dich und deine Geschwister sehr. Ich hätte auch gerne mal einen Ausflug in die Reale Welt gemacht.«

»Ehrlich?« Jetzt war Wanda doch überrascht. Sie wusste zwar, dass ihre Mutter abenteuerlustig war, aber dass sie sich sogar vorstellen konnte, selbst mal in die Reale Welt hinein zu schnuppern, das hätte sie nicht gedacht.

Wahrscheinlich war Arielle sogar eine der Ersten gewesen, die die Hand gehoben hatten, als die Könige und Königinnen, die Prinzen und Prinzessinnen des Märchenlandes für den Vorschlag des Hohen Rates abstimmten, ob die jungen Sprösslinge nicht eine Weile Reale Welt schnuppern sollten, bevor sie ihre königlichen Aufgaben übernahmen. Nicht nur sollten sie außermärchenhafte Erfahrungen sammeln, vor allem sollten sie der Realen Welt auch die wundervollen

Märchen wieder näherbringen, die in Fairyland allgegenwärtig waren, die dort draußen in der großen weiten Welt aber in Vergessenheit geraten waren.

In weniger als 24 Stunden war es nun soweit. Auch Wanda würde auf diese Mission geschickt werden.

Ihre Mutter lächelte nun. »Was möchtest du zum Frühstück haben? Oder besser zum Mittagessen?«

Wanda überlegte kurz. »Herzwaffeln, bitte, mit ganz viel Puderzucker.«

»Kommt sofort«, sagte Arielle, ging zur Tür, sah Wanda noch einmal lange an, und ging dann der Köchin Bescheid sagen.

Sobald sie draußen war, holte Wanda den Ring hervor, den William ihr am Abend gegeben hatte. Auf dem Ball hatte sie ihn noch getragen – unter ihrem Handschuh –, zu Hause hatte sie ihn jedoch abgenommen.

Sie betrachtete ihn nun glücklich. Woher William ihn haben mochte? Ob er ein Erbstück war? Er würde ihr sicher noch Näheres zu ihm erzählen, wenn sie wieder zurück war.

In sechs Monaten ...

Das war das einzig Gute an ihrem Weggang: In Miami würde sie ihn bedenkenlos tragen können, ohne damit Aufsehen zu erregen oder jemanden neugierig zu machen. Dort würde sie niemand kennen und sie konnte sein, wer sie sein wollte. Vielleicht würde es sogar ein großer Spaß werden.

Sie versprach sich selbst und William, dass sie die Zeit genießen und viele neue und wundervolle Erfahrungen sammeln würde. Natürlich immer mit William im Herzen.

Es brauchte nur einen Blick auf ihren Finger, und schon würde sie an ihn denken. Genauso wie er nur den Garten betreten und einen Blick auf die Trauerweide werfen musste, um sie wieder bei sich zu haben.

Kapitel 6

Nach einem ausgezeichneten Waffelfrühstück verabschiedete sich Wanda langsam von ihrer Familie. Chloe, die einzige Schwester, die noch zu Hause wohnte, gab ihr hilfreiche Tipps für die Reale Welt, ihr Vater umarmte sie fest und sagte ihr, dass er stolz auf sie war. Ihrer Mutter musste sie versprechen, sich selbst treu zu bleiben und jeden Tag voll auszukosten.

Sie versprach es, und Arielle schenkte ihr eine ihrer Muschelketten, die ganz wunderbar zu dem lila Kleid passen würde, das sie vorhatte, am morgigen Tage zu tragen.

»Pass gut auf dich auf«, sagte Arielle und umarmte sie ganz fest.

»Das werde ich, Mutter, ich verspreche es. Ihr werdet mir alle schrecklich fehlen.«

»Du uns ebenso.«

Die Kutsche stand bereit und Wanda verbrachte die Stunden, die sie über Hügel und Felder, entlang von Flüssen, Dörfern und Schlössern fuhren, damit, über Chloes Worte nachzudenken.

»Die Reale Welt ist anders, als du es dir in deinen kühnsten Träumen vorstellen könntest«, hatte sie ihr gesagt.

»Was macht sie denn so anders?«, hatte Wanda ihre Schwester neugierig gefragt.

»Zuerst einmal gibt es dort keine Schlösser, zumindest keine, in denen Könige und Prinzen wohnen. Der Grund dafür ist der, dass es bis auf ein paar wenige Ausnahmen überhaupt keine Könige mehr gibt. Es gibt eine mächtige Königin, die lebt in England, aber das braucht dich nicht zu interessieren, denn das liegt sehr weit entfernt von Amerika.«

»Weißt du etwas über Amerika?«, hatte Wanda wissen wollen. Schließlich hatte Chloe ganze sechs Monate in der Realen Welt verbracht.

»Amerika ist ein sehr reiches Land. Dort gibt es alles, was du dir nur vorstellen kannst. Aber am besten findest du das alles selbst heraus, du weißt doch, dass ich dir keine Details verraten darf.«

»Sag mir nur eines, Chloe: Sind die Menschen der Realen Welt wirklich so böse?« Davor fürchtete sie sich nämlich am allermeisten. Wenn das Märchenbarometer so tief gesunken war, mussten dort ganz schreckliche Zustände herrschen.

»Es gibt wirklich ganz wundervolle Menschen, du wirst schon sehen. Natürlich gibt es auch die Bösen, wie es hier die böse Königin gibt, aber die Guten überwiegen. Natürlich weiß ich nicht, wie es in Amerika ist … Wenn der Hohe Rat euch allesamt in dieses eine Land schickt, kann es nicht sehr gut um es stehen.«

Genau das waren auch Wandas Bedenken. Auch wenn sie Tania immer wieder gut zuredete, musste sie gestehen, dass sie selbst auch Ängste plagten. Aber würde der Hohe Rat sie alle dorthin schicken, wenn es in Amerika tatsächlich gefährlich wäre?

Am frühen Abend erreichten sie die Crown, wo sie ein letztes Mal mit ihren Freundinnen dinierte.

Noch zu später Stunde schlich sich Tania zu ihr aufs Zimmer.

»Ich bin so aufgeregt, ich kann kaum klar denken«, sagte diese.

Wanda lächelte. »Ich freue mich auch schon sehr.«

»Und nun musst du mir endlich erzählen, was du auf dem Herzen hast. Du glaubst doch nicht, dass ich dich für ganze sechs Monate verlasse, ohne zu wissen, was mit dir los ist. Es ist die Liebe, oder?«

Und da konnte Wanda nicht länger Stillschweigen bewahren. Sie erzählte ihrer besten Freundin von dem Prinzen, den sie so sehr liebte und den sie so vermissen würde – ohne jedoch seinen Namen zu nennen.

Tania wusste es aber doch. »Dein William wird ganz gewiss auf dich warten«, sagte sie.

»Woher weißt du, dass er es ist?«, fragte Wanda erstaunt.

»Ich bin deine beste Freundin, was denkst du denn?« Sie lächelte sie breit an und Wanda war froh, keine Geheimnisse mehr vor ihr haben zu müssen.

Am nächsten Morgen standen sie nach einer weiteren Anleitungsstunde bereit. Das Portal in die Reale Welt schimmerte und glitzerte voll versprochener Abenteuer.

Die Prinzessinnen standen in ihren prachtvollen Kleidern in Reihe und Glied. Ihnen wurde ein einzelner Samtbeutel überreicht, das Einzige, was sie an Hab und Gut mitnehmen durften, und dann mussten sie das Portal nacheinander betreten.

Wanda umarmte einige ihrer Mitschülerinnen zum Abschied, und Tania ganz besonders lange.

»Wir sehen uns in sechs Monaten«, sagte sie.

»In sechs Monaten«, wiederholte Tania.

Wanda lächelte ihr zu, als sie mit einem Fuß durchs Portal schlüpfte. Dann wurde sie hineingesogen und wusste nicht, ob sie lachen oder weinen sollte.

MIAMI

Kapitel 7

Wanda staunte. Sie befand sich an einem Strand, rings um sie herum Palmen, über ihr strahlend blauer Himmel, vor ihr das weite Meer. Der Anblick ließ sie trotz der gemischten Gefühle glücklich lächeln. Tania hatte recht gehabt: Miami war ein Traum! Der perfekte Ort für sie, die das Wasser schon immer geliebt hatte.

Die letzten Wochen hatten die beiden damit verbracht, etwas über ihre Magical-Orte herauszufinden. Tania hatte herausgefunden, dass sich in Nashville, Tennessee alles um Country-Musik drehte, was sie sehr erfreut hatte, da Musik ihre große Leidenschaft war und außerdem eine der fünf goldenen Regeln betraf, die da waren:

Kleide dich stets in fröhlichen Farben. Singe stets ein heiteres Lied. Spreche stets ein freundliches Wort. Lächle stets ein gütiges Lächeln. Erzähle stets ein romantisches Märchen.

Wanda dagegen hatte erfahren, dass in Miami sehr viele Latinos lebten, hauptsächlich Kubaner. Es gab ein Stadtviertel namens Little Havanna, das vor allem bei Touristen sehr beliebt war. Außerdem gab es im Staate Florida Alligatoren, denen sie lieber nicht begegnen wollte, und viele wunderschöne Strände, sie sie dagegen gerne alle einmal aufsuchen wollte, falls sie die Zeit dazu fand.

Was genau sie in Miami tun wollte, wusste sie noch nicht. Sie hatte einfach nicht klar denken können und plante, alles ganz spontan zu machen. Es würde sich schon irgendwie ergeben. Sie war eine Märchenprinzessin, sie würde schon eine Aufgabe finden. Natürlich gab es da einen kleinen Haken: Sie durfte niemandem offenbaren, dass sie eine Prinzessin war oder dass sie aus Fairyland kam. Erstens sollte sie ja die Menschen verzaubern, ohne dass diese eine Ahnung davon hatten, wer sie war – das war Teil ihrer Prüfung. Und zweitens würde ihr ja doch niemand glauben. Mr. Everafter hatte sie alle noch einmal ausdrücklich davor gewarnt, allzu offenherzig zu sein. Die Menschen glaubten doch nicht einmal an die Geschichten in den Büchern; wenn sie vor ihnen stehen und ihnen sagen würde, sie sei eine leibhaftige Prinzessin, würde man sie für verrückt halten und womöglich einsperren.

Sie sollte versuchen, so normal wie möglich zu sein, sich zu benehmen wie alle anderen auch, dann würde schon alles gut werden.

Wanda schritt nun also in ihrem weiten, bodenlangen, lila Kleid voran. Der Sand sammelte sich in ihren Schuhen. Sie zog sie aus und sah sich um.

Hm. Sie sollte sich benehmen wie alle anderen. Was taten die anderen denn so?

Sie entdeckte eine Gruppe von Menschen, die im Schneidersitz auf dem Boden saßen, also gesellte sie sich dazu und tat es ihnen gleich, was mit dem Kleid gar nicht so einfach war.

Als die Leute sich dann allerdings verrenkten und Positionen einnahmen, die sie unmöglich nachmachen konnte, seufzte sie.

»In dem Kleid kann man ja auch kein Yoga machen«, sagte die Frau neben ihr, die sich oben auf dem Kopf einen Zopf gebunden hatte, der den Palmen am Rande des Strandes erstaunlich glich.

»Yoga? Was ist Yoga?«, fragte Wanda neugierig.

»Na, das, was wir hier gerade machen«, gab die Frau zur Antwort und legte sich ein Bein hinter den Kopf.

»Dazu ist dies ein Yogakurs, bei dem nur Mitglieder mitmachen können, die auch dafür bezahlt haben«, meldete sich nun ein Mann zu Wort und sah sie streng an.

»Ich habe Geld«, erwiderte sie und hielt ihren Beutel hoch.

»Dann müssen Sie sich für den Kurs anmelden, am besten online.«

Online? Was war das nun schon wieder?

Sie beschloss, zu gehen. Sie würde sicher noch eine sinnvollere Beschäftigung finden, eine, die sie in ihrem Kleid besser ausüben konnte.

Es war wirklich zu dumm, dass die Prinzessinnen ihr Gepäck in Fairyland lassen mussten. Und vor allem dass ihnen erst am Morgen gesagt wurde, dass dies so sein würde, sodass Wanda nicht einmal richtig hatte planen können, was sie nun tun sollte. Sie konnte keinesfalls sechs Monate lang dasselbe Kleid tragen. Hier war es auch ganz schön heiß, sie würde schwitzen bis zum Umfallen.

Sie betrachtete wieder die anderen Menschen. Hier am Strand liefen die meisten in nichts als Bikinis herum. Auch wenn man in Fairyland für gewöhnlich natürlich keine Bikinis trug, so waren sie ihr doch bekannt, da nämlich ihre Mutter einen getragen hatte, als sie noch eine Meerjungfrau gewesen war und im Meer bei den Fischen gelebt hatte. Sie hatte sogar mit den Tieren der Unterwasserwelt kommunizieren können. Leider hatte Wanda dieses Talent nicht geerbt, lediglich Lizzy, Cinderellas Tochter, besaß die Gabe, mit Tieren zu sprechen.

Dafür hatte Wanda aber ein anderes Talent: Sie konnte unter Wasser atmen – das waren wahrscheinlich die Meerjungfrauen-Gene in ihr.

Am liebsten wäre sie jetzt sofort ins kühle Nass gegangen und hätte geschwommen. Allerdings war das ohne Bikini nicht möglich. Sie beschloss also, sich einen zu kaufen.

»Entschuldigen Sie, Miss«, wandte sie sich also an eine junge Dame, die in der Sonne lag und schon ganz braungebrannt war. »Wären Sie so freundlich, mir zu sagen, wo ich solch einen Bikini bekommen kann?« Sie zeigte mit dem Finger auf das äußerst knappe, pinke Exemplar der Frau.

Die Frau blickte auf, sah sie stirnrunzelnd an, und sagte dann: »Vorne am Ocean Drive gibt`s doch genügend Geschäfte.«

Wanda zeigte in Richtung der Straße und sah die Frau fragend an. Diese nickte und legte ihren Kopf wieder in die verschränkten Arme.

»Ich danke Ihnen vielmals.«

Sie marschierte los, den Beutel in der einen, ihre Schuhe in der anderen Hand, vorbei an Hunderten in der Sonne badenden Menschen, kleinen Kindern, die Sandburgen bauten, und Männern, die einen Ball über ein Netz warfen. Sie musste schnell wegsehen, denn die Männer waren halbnackt, sie trugen keine Hemden und auch keine Hosen, lediglich Badehosen, die nicht sehr viel von ihren Körpern bedeckten.

Oje, warum hatte der Hohe Rat sie ausgerechnet an solch einen Ort schicken müssen, wenn sie doch keinem anderen männlichen Wesen einen zweiten Blick schenken wollte?

Mit starrem Blick schritt sie auf die Straße zu, die die Frau »Ocean Drive« genannt hatte. Plötzlich ertönte ein lautes Hupen, das sie ganz böse erschreckte.

Kapitel 8

»Bist du verrückt, oder was? Einfach so auf die Straße zu laufen!«, schimpfte ein Mann aus seinem Autofenster heraus.

Wanda stand noch immer unter Schock. Sie hatte die Straße betreten und im nächsten Moment war eines dieser Autos vor ihr zum Stillstand gekommen – mit quietschenden Reifen.

Natürlich hatte sie von Autos gehört, in der Literatur der Realen Welt wurden sie des Öfteren erwähnt, sie hatte nur vergessen, dass es sie gab, auch hatte sie nicht geahnt, wie schnell sie sind.

Dieses eine hier – es war rot – hätte sie beinahe erwischt. Nur wenige Zentimeter trennten es von ihrem Allerwertesten, den sie ihm panikartig zugedreht hatte.

»Es ... es tut mir leid«, stotterte sie.

»Geht`s dir gut? Ich hab dich doch nicht erwischt, oder?«, rief der Mann ihr zu, der nun seinen Kopf aus dem Fenster streckte.

Sie schüttelte den Kopf.

Die Autos hinter dem roten begannen nun schon zu hupen. Der Fahrer sah sie genervt an. »Würde es dir dann was ausmachen, die Fahrbahn wieder frei zu machen? Ich bin, wie es aussieht, nicht der Einzige, der es eilig hat.«

Sie trat ein paar Schritte zurück und starrte auf diese Autos. Die waren ja wirklich Teufelswerk. Sie würde sich gut in Acht nehmen müssen vor ihnen.

Du liebe Güte, da war sie gerade eine halbe Stunde in der Realen Welt und hatte sich beinahe schon überfahren lassen. Was wäre dann nur aus William geworden? Sie musste ganz dringend vorsichtiger sein, damit ihr auch ja nichts zustieß.

Wanda wartete nun also eine halbe Ewigkeit, bis die Straße einmal so leer war, dass sie getrost hinübergehen konnte. Sie trat erneut einen ängstlichen Schritt auf die Straße. Dann sah sie schon wieder Autos heraneilen.

Herrje, waren diese Dinger denn überall? Sie lief so schnell, wie es ihr Kleid ihr ermöglichte, und atmete erleichtert aus, als sie die andere Seite erreichte.

Dort lief sie, noch immer auf wackeligen Beinen, die Geschäfte entlang, auf der Suche nach einem Bikini. Als sie endlich eines fand, betrat sie es und sah sich um.

»Wo kommen Sie denn her?«, fragte die Verkäuferin sie und starrte grinsend ihr Kleid an.

Hm. Und nun? Was sollte sie darauf antworten? Ihr war von klein auf beigebracht worden, nicht zu lügen. Die Wahrheit sagen durfte sie aber auch nicht.

Die Frau schien aber gar keine Antwort zu erwarten, denn sie sprach schon weiter: »Kommen Sie direkt von Ihrer Hochzeit oder sind Sie Model und hatten ein Fotoshooting am Strand?«

Da keines von beidem zutraf, lächelte Wanda nur und hoffte, damit würde sich die Dame zufriedengeben.

Die sah sie aber erwartungsvoll an, dabei kaute sie auf etwas herum. »Also?«

»Ich ... äh ... komme nicht von meiner Hochzeit. Ich habe aber vor, sehr bald zu heiraten. Wenn ich wieder bei meinem William bin.«

»Hab ich´s doch gewusst. Ein Fotoshooting also!«

Wanda hatte keinen blassen Schimmer, was ein Fotoshooting war. Sie berichtigte die Frau aber auch nicht, so musste sie sich wenigstens keine Geschichten ausdenken. Sie lächelte nur wieder – schließlich war es eine der goldenen Regeln.

»Was kann ich für Sie tun?«

Gut. Das Thema war abgehakt.

»Ich bin auf der Suche nach einem Bikini«, erklärte sie.

»Was haben Sie sich vorgestellt? Einen Zweiteiler? Triangel-Oberteil? Push-up? String?«

Wanda war wieder überfordert. Sie verstand kein Wort von dem, was die Frau ihr sagte.

Dann aber entdeckte sie einige Bilder an der Wand mit Frauen in Bademode. Sie zeigte auf einen Bikini, wie sie ihn sich vorstellte.

»Ein klassisches Model, also. Welche Farbe hätten Sie denn gern? Schwarz?«

»Um Himmels willen!«, stieß sie hervor.

Schwarz! Die goldenen Regeln besagten doch, dass man sich stets in fröhlichen Farben kleiden sollte. Schwarz trugen lediglich die böse Königin und ihre Nachkommen.

»Ich hätte gerne einen in Grün, wenn Sie haben.«

»Aber sicher doch.« Die Verkäuferin hielt ihr zwei Modelle hin.

Sie entschied sich für den hellgrünen und nahm ihn mit, ohne ihn anzuprobieren. An der Kasse öffnete sie zum ersten Mal ihren Samtbeutel und holte das Bündel Geldscheine hervor, das sie vom Hohen Rat mitbekommen hatte. 4000 Dollar waren es – wobei sie nicht im Mindesten wusste, wie lange sie damit auskommen würde, es sollte schließlich für ganze sechs Monate reichen.

Da die Frau ihr sagte, der Bikini koste 55 Dollar, entnahm die dem Bündel einen Fünfziger und einen Fünfer und befühlte das merkwürdige Papiergeld einmal kurz, bevor sie es der Verkäuferin gab.

»Wow, Sie scheinen aber ganz schön gut Kohle zu machen mit Ihren Shootings, oder? Vielleicht sollten Sie es besser nicht so offen zeigen, nicht, dass Sie noch jemand ausraubt.«

»Vielen Dank. Ich werde mir Ihren Rat zu Herzen nehmen«, sagte Wanda und ging.

Vor dem Laden, die kleine Einkaufstüte in der Hand, blickte sie sich um. Und nun? Jetzt hatte sie zwar einen Bikini, aber keinen Ort, um sich umzuziehen. Auch keinen Platz, um ihr Kleid und das Geld sicher zu hinterlegen. Sie hatte nicht gut nachgedacht. Noch bevor sie sich um einen Bikini gekümmert hatte, hätte sie nach einem Wohnort Ausschau halten sollen. Das war natürlich am Allerwichtigsten, denn wo würde sie sonst die Nacht verbringen?

Ihr Blick fiel auf ein paar Tische, die vor einem Restaurant standen. Einer alten Frau wurde gerade ein Teller mit Fischsuppe gebracht. Die sah köstlich aus. Ja, so eine Suppe würde ihr jetzt auch guttun. Mit vollem Magen ließ es sich doch viel besser nachdenken.

Kapitel 9

Da Wanda keinen freien Platz mehr bekommen hatte, hatte sie die alte Dame gefragt, ob sie sich zu ihr setzen dürfe. Diese hatte freudig genickt und so aßen sie nun zusammen Fischsuppe.

»Du trägst so ein wunderschönes Kleid, mein Kind.«

»Ich danke Ihnen. Meine Mutter hat es für mich genäht.«

»Da hast du aber eine sehr talentierte Mutter.«

Wanda nickte. »Ja, sie ist die Beste.«

»Magst du mir eine Geschichte erzählen?«, bat die Frau sie, die sich inzwischen als Evelyn vorgestellt hatte.

»Aber gerne. Kennen Sie die Geschichte von Rapunzel?«

»Die mochte ich als Kind immer besonders gern.«

Wanda musste lächeln. Dann gab es ja doch noch Menschen, die die guten alten Märchen kannten.

»Jetzt erzählt mir allerdings niemand mehr irgendwelche Märchen«, fügte sie dann hinzu und sah traurig aus. »Meine Tochter hat keine Zeit dazu.«

»Wohnen Sie bei Ihrer Tochter?«, fragte Wanda.

Das war aber nett, dass diese sich um ihre zerbrechliche Mutter kümmerte. Die Dame musste mindestens achtzig Jahre alt sein.

Sie schüttelte nun aber den Kopf. »Nein. Ich lebe im *Coconut Senior Citizen Home*.«

»Was ist das?«

»Ein Seniorenheim, in das die liebe Familie uns Alten abschiebt, wenn wir ihr lästig werden.«

»Das ist ja schrecklich!« Wanda legte sich eine Hand auf den Mund, konnte es gar nicht glauben.

»Dann versprechen sie, uns einmal die Woche besuchen zu kommen oder mit uns Mittag essen zu gehen, und schaffen es dann doch nicht. Ich warte seit fast einer Stunde auf meine Michelle.«

»Das tut mir leid. Aber dadurch haben wir beide uns kennengelernt. Das ist doch ein netter Zufall, oder?«

Die Frau tat ihr unendlich leid.

Sie nickte. »Erzählst du mir nun von Rapunzel?«

»Aber natürlich«, sagte sie und begann zu erzählen.

Evelyns Augen strahlten. Sie war richtig begeistert von dem Märchen, hing an Wandas Lippen und folgte ihren Worten, klatschte sogar ab und zu in die Hände. Gerade als Wanda zum Happy End kommen wollte, tauchte eine Frau an ihrem Tisch auf. Sie war in etwa fünfzig, wirkte abgehetzt, und gab Evelyn einen kleinen Kuss auf die Wange.

»Entschuldige, Mutter. Ich habe keinen Parkplatz gefunden.«

Es dauerte doch sicher keine anderthalb Stunden, einen Parkplatz zu finden, oder?, dachte Wanda. Dann aber erinnerte sie sich daran, dass sie über niemanden urteilen durfte, und setzte schnell ein Lächeln auf.

»Hat meine Mutter Sie belästigt?«, fragte Evelyns Tochter Michelle sie jetzt.

»Du meine Güte, nein! Wir haben uns ganz wunderbar unterhalten.«

»Wanda hat mir ein Märchen erzählt«, berichtete Evelyn stolz.

»Märchen. Pah«, gab Michelle von sich.

»Sie glauben nicht an Märchen?«, wollte Wanda wissen, obwohl es ja jetzt schon klar war.

»Ich bin keine vier Jahre alt. Nur kleine Kinder glauben an Märchen, und alte Leute.« Sie zeigte auf ihre Mutter. »Wenn sie nicht mehr ganz bei Verstand sind.«

»Sie sollten nicht so über Ihre Mutter sprechen«, rutschte es Wanda nun doch heraus. Das konnte sie sich nicht länger anhören.

»Das geht Sie überhaupt nichts an. Wer sind Sie eigentlich?«

»Ich bin Wanda.«

»Wanda? Und weiter? Wo kommen Sie eigentlich her?«

»Von weit weg. Ich bin erst heute in Miami angekommen und habe mich gleich mit Ihrer Mutter angefreundet.«

Evelyn lächelte breit, als sie sie als ihre Freundin bezeichnete.

»Ich sag`s Ihnen besser gleich: Meine Mutter ist arm wie eine Kirchenmaus. Bei ihr ist nichts zu holen.«

»Was sollte ich denn bei ihr holen wo... Etwa Geld? Ich habe selbst genug Geld«, verkündete sie und holte ihr Geldbündel hervor. Dann erinnerte sie sich wieder, dass sie es ja nicht mehr so offen zeigen sollte, und steckte es schnell wieder weg,

»Was wollen Sie denn dann von ihr?«

»Gar nichts. Ein bisschen Gesellschaft vielleicht. Wir haben uns nett unterhalten.«

Michelle schüttelte den Kopf, nahm sich eins von den Brötchen, die noch in dem Brotkorb auf dem Tisch lagen, und biss hinein. Dann erhob sie sich. »Also, ich muss los.«

»Schon?« Evelyn sah enttäuscht aus.

»Wie gesagt, ich habe vorhin so lange gebraucht, um einen Parkplatz ... Meine Mittagspause ist vorbei. Soll ich dich zurück ins Heim bringen oder wirst du vom Fahrdienst abgeholt?«

Evelyn brachte kein Wort heraus, sie starrte nur auf den leeren Teller, der noch immer vor ihr stand.

»Ich kann Sie bringen«, bot Wanda an. »Dann kann ich Ihnen Rapunzels Geschichte zu Ende erzählen.«

Sofort trat wieder das Strahlen in Evelyns Augen. »Au fein.«

»Umso besser für mich. Bye, Mom, pass auf dich auf. Ich versuche, am Wochenende vorbei zu schauen.«

Schon war Michelle wieder weg. Wanda und Evelyn lächelten einander an.

Dann fiel Wanda etwas ein. »Wohnen Sie sehr weit weg? Ich habe nämlich kein Auto.« Die Frau sah nicht so aus, als ob sie sehr weit zu Fuß gehen konnte.

»Es sind schon ein paar Häuserblocks. Aber wenn ich mich bei dir einhaken darf, schaffen wir das schon.«

»Natürlich«, sagte Wanda, bezahlte für sie beide, stand auf und hielt Evelyn ihren Arm hin.

Kapitel 10

Nachdem Wanda bei Rapunzels Happy End angekommen war, erzählte sie Evelyn noch Dornröschens Geschichte. Sie hörte mit Begeisterung zu und war ganz bekümmert, als sie am Seniorenheim angekommen waren.

»Wie schade, wir sind schon da.«

»Ehrlich?« Wanda staunte. Sie hatte gar nicht mitbekommen, wie die Zeit vergangen war. Die Sonne war schon ein ganzes Stück weitergewandert.

»Ich danke dir fürs Nachhausebringen. Und fürs Geschichtenerzählen.« Evelyn nahm Wandas Hände in die ihren und lächelte sie glücklich und auch ein wenig traurig an. »Ich habe lange keinen so schönen Tag verlebt.«

So konnte Wanda auf gar keinen Fall Abschied von dieser zuckersüßen alten Dame nehmen.

»Ich begleite sie selbstverständlich noch auf Ihr Zimmer«, sagte sei deshalb. »Natürlich nur, wenn Sie das auch möchten.«

Evelyn nickte aufgeregt.

Sie spazierten den Weg entlang, der mit kleinen weißen Steinen umrahmt und mit Blumenkübeln dekoriert war, und gingen dann durch die Eingangstür, die sich wie durch Zauberhand von selbst öffnete, als sie sich ihr näherten, in das weiße Gebäude hinein.

Wanda blickte sich erstaunt um. Dieser Ort war bezaubernd. Überall standen Blumentöpfe mit kleinen Palmen und Orchideen. An den Wänden hingen die hübschesten Bilder von lachenden Kindern, exotischen Tieren und wundersamen Orten. Im Hintergrund spielte klassische Musik, aber keine schwere, sondern ... war es Chopin? Wanda glaubte, ein Stück zu erkennen, das Mr. Everafter ihnen im Fach Geschichte der Realen Welt einmal vorgespielt hatte.

»Es ist wirklich schön hier«, sagte sie. »Ein schönes Zuhause.«

»Ich kann mich nicht beklagen«, stimmte Evelyn zu. »Es ist nur manchmal ein bisschen einsam.«

»Verstehen Sie sich denn nicht mit den anderen Bewohnern? Haben Sie sich mit niemandem angefreundet?«

»Oh doch. Immer wieder aufs Neue.« Sie lachte. »Viele von uns haben nämlich Alzheimer und vergessen am nächsten Tag wieder, dass wir befreundet sind.«

Oh nein, das war schrecklich.

Evelyn schien das aber gar nicht weiter zu stören. »Ich bin aber noch weit davon entfernt«, versicherte sie ihr. »Ich kann noch so klar denken wie vor fünfzig Jahren.«

»Das glaube ich Ihnen aufs Wort.«

Evelyn nickte zufrieden. »Es gibt natürlich auch Freunde, die schon von uns gegangen sind.« Sie sah ein wenig betrübt aus.

»Das tut mir sehr leid.«

»Wir werden alle eines Tages sterben, mein Kind.«

»Ja, ich weiß. Es ist eine traurige Angelegenheit.«

»Das ist die Natur der Dinge.«

»Evelyn! Da sind Sie ja wieder. Wir haben uns schon Sorgen gemacht«, hörten sie eine Stimme und sahen eine dunkelhäutige Frau auf sie zukommen. Die Frau hatte Zöpfe direkt an die Kopfhaut geflochten, wie Wanda es noch nie gesehen hatte.

»Meine neue Freundin Wanda hat mich nach Hause gebracht«, berichtete Evelyn stolz.

Die Frau, auf deren Namensschild Shana stand, sah Wanda stirnrunzelnd an.

»Sind Sie etwa wieder einmal verloren gegangen, Evelyn?«

»Nein, nein«, beruhigte Wanda sie schnell. »Wir haben uns im Restaurant kennengelernt, in dem Evelyn auf ihre Tochter wartete, die sich leider etwas verspätete. Wir haben uns so nett unterhalten, dass ich anbot, sie zurückzubringen.«

»Na, das hört sich ja wunderbar an. Herzlich willkommen bei uns, Wanda. Es freut mich, Sie kennenzulernen.«

Sie lächelte sie breit an und hielt ihr eine Hand hin.

Wanda war sich nicht sicher, was sie von ihr wollte. Wollte sie ihr die Hand schütteln? Sie machte stattdessen einen Knicks und bedankte sich. Shana aber ergriff ihre Hand und schüttelte sie ohne Hemmungen.

»Oh«, machte Wanda erstaunt.

»Es gibt nicht viele junge Leute wie Sie, die sich die Zeit nehmen, sich mit unseren älteren Mitmenschen zu unterhalten.«

Wanda lächelte und legte Evelyn eine Hand auf die Schulter. »Evelyn war ja auch eine wunderbare Gesprächspartnerin. Und eine begeisterte Zuhörerin.«

»Wanda hat mir Märchen erzählt«, verkündete Evelyn freudig.

»Märchen? Das ist ja fantastisch! Wenn Sie mal Zeit und Lust haben ... Es gibt hier bei uns so einige Bewohner, die sich sicherlich freuen würden über eine Märchenerzählerin.«

»Gerne. Soll ich gleich mitkommen?«

»Hach, sind Sie ein Engel. Es scheint mir aber so, als ob Sie heute noch etwas anderes vorhaben, oder?« Sie sah sie von oben bis unten an.

Da wurde Wanda sich erst wieder ihres Kleides bewusst.

»Nein, eigentlich nicht. Es macht mir wirklich nichts aus.«

»Das ist so nett von Ihnen, aber die meisten unserer Bewohner halten gerade ihren Mittagsschlaf. Wie wäre es, wenn Sie morgen Vormittag wiederkämen, da sind sie alle fit und guter Laune. Vorausgesetzt natürlich, Sie haben Zeit.«

»Ich komme gerne.« Sie wandte sich an Evelyn. »Ich komme morgen wieder, ja?«

»Versprichst du es?«

Wanda konnte in Evelyns Augen sehen, dass diese sich nicht sicher war, ob sie es auch ernst meinte. Wahrscheinlich hatte ihre Tochter schon viele Versprechungen gemacht, die sie nicht gehalten hatte.

»Ich verspreche es. Kann ich Ihnen vielleicht noch etwas mitbringen?«

»Noch ein Märchen, bitte.«

Wanda musste lachen. »Ich meinte eigentlich, ob ich Ihnen mit irgendetwas eine Freude machen kann. Mit Süßigkeiten oder Blumen?«

»Ich mag Apple Pie.«

»Apple Pie? Ich versuche, welchen aufzutreiben, ja?«

Evelyn nickte fröhlich und schüttelte ihr die Hand zum Abschied. Wanda wollte es sich aber nicht nehmen lassen, die alte Dame zu umarmen. Dabei merkte sie erst, wie dünn und fragil sie doch war.

»Danke, Wanda, für deine Zeit.«

Wanda lächelte ihr noch einmal zu und winkte, während Shana sie auf ihr Zimmer geleitete.

Wie einfach es doch war, einen Menschen glücklich zu machen, dachte Wanda, als sie das Gebäude wieder verließ. Es benötigte nur ein wenig Zeit, ein offenes Ohr und ein gütiges Herz. Egal, was auch kommen mochte, sie würde ihr Versprechen in jedem Fall einhalten. Versprochen war versprochen.

Und nun?

Sie sah hinauf zum Himmel, der noch immer wolkenlos und strahlend blau war. Die Sonne schien ihr heiß auf die Schultern. Sie musste sich endlich etwas Passendes zum Anziehen besorgen. So gern sie ihr Kleid auch mochte, so war sie doch die einzige Person gewesen, die sie in solch einer Aufmachung erblickt hatte. Daran sollte sie schnellstens etwas ändern. Und dann musste sie sich eine Unterkunft für die Nacht suchen. Wie genau sie das alles anstellen sollte, wusste sie zwar noch nicht, aber es würde sich schon alles irgendwie fügen – das tat es doch immer. Schließlich hatte sie das Gute auf ihrer Seite – sie war eine Märchenprinzessin.

Kapitel 11

Am Abend saß Wanda in einem hübschen kleinen Hotelzimmer und legte die Füße hoch. Es war alles ganz einfach gewesen. Sie war in eine Boutique gegangen und hatte einige sommerliche Kleider anprobiert und sich flache Schuhe gekauft, weil es einfach unmöglich war, mit den High Heels im Sand zu laufen – und hier in Miami gab es wirklich eine Menge Sand.

Die freundliche Dame an der Kasse, der sie einige Scheine mit einem Herrn namens Benjamin Franklin darauf gegeben hatte, hatte ihr auf ihre Anfrage hin eine günstige Unterkunft direkt an der Strandpromenade empfohlen. Wanda hatte sich sofort dorthin begeben und war erleichtert gewesen, als man ihr dort sagte, es gebe noch freie Zimmer.

In dem Zimmer, das nicht sehr groß war, aber für eine Weile ausreichen würde, hatte sie sofort die Fenster aufgerissen und hinausgeschaut, die Menschen beobachtet, die frische Seeluft eingeatmet. Dann hatte sie ihre neuen Kleider ausgepackt und sie in den Schrank gehängt. Den Bikini probierte sie gleich an und es überkam sie. Sie konnte nicht mehr an sich halten, wollte unbedingt ins Meer, und so zog sie nur schnell ein fröhliches gelbes Kleid über und lief los.

Bereits als sie das kühle Nass an ihren Zehen spürte, fühlte sie es, das Glück, das ihr geschenkt worden war. Dieser Ort war wie für sie geschaffen. Konnte es wirklich Zufall sein, dass sie ausgerechnet Miami aus dem Hut gezogen hatte?

Sie warf das Kleid in den Sand und glitt ins Wasser, schwamm ein paar Züge, tauchte unter und sagte den Fischen Hallo.

Sie wünschte, ihre Mutter wäre ebenfalls hier, es hätte ihr ganz sicher gefallen. Einen Augenblick lang vermisste sie sie ganz schrecklich, und William noch viel mehr, dann aber schwamm sie immer weiter, schwamm, bis sie sich so weit vom Strand entfernte, dass er kaum noch zu sehen war, als sie wieder auftauchte.

In der Ferne sah sie Hochhäuser, sah Palmen, sah Amerika, ihre neue Heimat für die nächsten sechs Monate.

Sie schwamm noch weiter und traf auf einige Möwen, die sie grüßte. Sie wusste, sie konnten sie verstehen, auch wenn es andersherum leider nicht der Fall war. Doch sie gab die Hoffnung nicht auf, dass es ihr eines Tages vielleicht doch noch gelingen würde.

Dann tauchte sie wieder unter und betrachtete die Unterwasserwelt. Sie entdeckte Korallen in den schönsten Farben und kunterbunte Fische. Als sie wieder auftauchte, war sie nicht mehr allein.

Ein Mann mit seinem Boot kam auf sie zu. »Geht es Ihnen gut?«, fragte er besorgt.

»Guten Tag. Mir geht es bestens, danke sehr.«

»Sie sind ewig unter Wasser gewesen, ich dachte schon, Sie wären ertrunken.«

Sie lachte. »Oh, nein. Ich kann sehr lange die Luft anhalten.«

Der Mann sah verwirrt aus. »Na gut, passen Sie aber auf sich auf, ja? Sie sollten nicht so weit hinausschwimmen. Soll ich Sie mit zurück an Land nehmen?«

»Das ist wirklich freundlich von Ihnen. Aber nein, danke. Ich schwimme zurück.«

Er zuckte nur mit den Schultern und fuhr davon.

Wanda lächelte. Bisher waren alle realen Menschen, die sie kennengelernt hatte, äußerst freundlich gewesen – alle, außer dem Yoga-Lehrer, dem Autofahrer und Evelyns Tochter. Aber das war doch eine sehr geringe Anzahl, wenn man es mit der großen Menge an Menschen verglich. Sie glaubte nicht daran, dass die Menschheit schon verloren war. Nein, ganz bestimmt noch lange nicht. Und die paar Exemplare, die ihre Fröhlichkeit verloren hatten, könnte man sicher bekehren. Es musste doch etwas geben, das auch sie wieder zu glücklichen Menschen machte.

Da musste wohl einfach nur ein Märchen her ...

Kapitel 12

Nachdem sie sich am Abend auf dem Heimweg noch frittierte Calamari mitgenommen hatte, die sie allein auf ihrem Zimmer gegessen hatte, hatte Wanda noch lange auf ihrem Bett gesessen und ihren Ring angesehen. Er war das Einzige, was sie von William hatte. Sie fragte sich, ob er sie genauso vermisste, ob es ihm ebenfalls fast das Herz zerriss, dass sie nicht zusammen sein konnten.

Sie schwor sich, wenn sie erst wieder bei ihm wäre, ihn nie wieder zu verlassen, nicht einmal für einen einzigen Tag. Für den Rest ihres Lebens wollte sie an seiner Seite verweilen, mit ihm durch dick und dünn gehen und gemeinsam mit ihm alt werden.

Irgendwann schlief sie ein und träumte von William. In ihrem Traum war er hier bei ihr und sie gingen am Strand im Licht der untergehenden Sonne spazieren.

Als sie am Morgen erwachte, hatte sie ein Lächeln auf dem Gesicht.

Die sechs Monate würden bestimmt ganz schnell vorübergehen, und dann würden sie für immer vereint sein. Solange aber wollte Wanda die Zeit in Miami genießen. Schließlich war nicht jedem das Privileg eines Magicals gegönnt. Nur die Prinzessinnen durften diese Reise antreten. Wie sehr sich einige gewöhnliche Töchter von Fairyland dasselbe wünschten, ihnen würde dies allerdings für immer verwehrt bleiben. Wanda wusste, dass sie sich sehr glücklich schätzen konnte. Und vor allem weil sie niemanden enttäuschen wollte, weder den Hohen Rat noch ihre Eltern noch William, würde sie jetzt alle Bedenken beiseiteschieben, die Zähne zusammenbeißen, ein Lächeln aufsetzen und diese wunderbare Erfahrung machen.

Heute entschied sie sich für das hellblaue Kleid mit dem Muschelmuster. Vor sich hin summend lief sie die Stufen hinunter, grüßte das Hotelpersonal und flanierte die Ladenzeile entlang. An einer Bäckerei machte sie Halt, kaufte sich ein Hörnchen und einen Tee, außerdem ließ sie sich einen ganzen Apfelkuchen für Evelyn einpacken.

Mit ihrem Frühstück hüpfte sie über die Straße – diesmal ganz vorsichtig – und setzte sich an den Strand.

Wie wunderbar es war, die Etikette mal Etikette sein zu lassen. Zu Hause in Fairyland hatte sie achtzehn Jahre lang in jeder Minute auf ihre Manieren achten müssen, hatte ihre Mahlzeiten steif an einem Tisch eingenommen, wobei sie auf die richtige Besteckreihenfolge achten und ihre

Getränke aus Kristallgläsern und von wertvollem Porzellan zu sich nehmen musste. Hier konnte sie im Sand sitzen, die Beine anwinkeln, den Tee aus einem Pappbecher trinken und das Croissant mit den Händen essen.

Es war einfach wunderbar.

Eigentlich wusste sie gar nicht, ob es sich für eine Prinzessin ziemte, sich so zu verhalten – aber wer sah sie schon?

Wenn sie schon an einem Ort so fern ab von zu Hause war, an dem alles anders war, dann wollte sie das auch sein: anders. Sie wollte sich neu entdecken.

Nun klatschte sie die Hände aneinander, um sich die Krümel abzuklopfen, stand auf und ging los, denn sie hatte ein Versprechen einzuhalten.

Als sie im *Coconut Senior Citizen Home* ankam, wartete Evelyn bereits am Eingang auf sie. Als sie sie um die Ecke biegen sah, strahlte sie.

»Du bist tatsächlich gekommen!«, rief sie freudig aus.

»Aber natürlich. Haben Sie etwa daran gezweifelt?«

Sie umarmte die alte Dame und hielt sie ein wenig länger, als es nötig gewesen wäre.

»Ich war mir nicht sicher. Mir wurden schon viele Versprechungen gemacht ...«

»Dann sollten Sie eines über mich wissen, Evelyn: Ich halte meine Versprechen. Immer.«

»Das macht dich zu einem wunderbaren Menschen, mein Kind. Und zu meiner neuen besten Freundin. Der Platz ist nämlich gerade frei geworden. Mrs. Bronsky ist gestern Abend verstorben, musst du wissen.«

»Oh nein. Das tut mir ganz schrecklich leid.«

Kurz schaute Evelyn traurig drein, dann winkte sie ab. »Es ist, wie es ist. Wenn der liebe Gott es so will, dann kann man nichts dagegen tun. Morgen könnte es schon bei mir soweit sein, wer weiß das schon? Aber bis dahin will ich Spaß haben und Apple Pie essen.« Sie lachte.

Wanda konnte nicht anders, als einzustimmen. Sie hob die Tüte, die sie mitgebracht hatte, in die Luft, und sagte: »Na, dann raten Sie mal, was ich dabei habe!«

»Etwa Apple Pie? Du hast es nicht vergessen?«

»Aber natürlich nicht. Wie gesagt, ich halte immer meine Versprechen. Also, was ist? Wollen wir ein paar Ihrer Freunde zusammentrommeln und eine Märchenstunde machen?«

Fröhlich ging Evelyn von Zimmer zu Zimmer, klopfte an und verkündete, ihre Freundin, die Märchenerzählerin, sei da und habe Apple Pie mitgebracht.

Schon bald hatte sich eine ganze Gruppe von Frauen und sogar ein paar Männern versammelt und auf Stühlen im Aufenthaltsraum Platz genommen.

Der Raum war wirklich hübsch eingerichtet mit allen möglichen Gegenständen, die aus Muscheln gemacht waren: die Bilderrahmen an der Wand, eine Vase und eine Schachtel, in der man seine Schätze aufbewahren konnte. Auch hingen einige Muschelketten von der Decke, die sich im seichten Wind, der durchs offene Fenster hereinkam, hin und her bewegten.

Wanda fasste unbewusst an ihre eigene Muschelkette, die sie um den Hals trug.

»All die Dinge haben wir selbstgebastelt«, berichtete eine ältere Frau namens Hannah.

»Sie sind wirklich wunderschön. Ich liebe Muscheln sehr.«

»Da bist du hier an genau dem richtigen Ort. Wo kommst du denn ursprünglich her?«, wollte sie wissen.

Wanda sah in die interessierten Gesichter der Senioren und wusste, dass sie nichts zu befürchten hatte. »Ich komme aus dem Märchenland«, sagte sie. »Und ich kenne jedes Märchen, das Sie sich nur vorstellen können. Mit welchem wollen wir heute anfangen?«

Keiner hinterfragte ihre Antwort. Wahrscheinlich war es genau das, was sie hatten hören wollen. Eine echte Prinzessin aus dem Märchenland war sie besuchen gekommen, um den Vormittag mit ihnen zu verbringen – wer konnte das schon behaupten? Sie wollten es gerne glauben, denn es machte die ganze Sache nur noch spannender.

Gespannt saßen sie da und hörten ihr zu, wie sie zu erzählen begann. Da die meisten Bewohner für *Schneewittchen* gestimmt hatten, wollte sie ihnen heute von dieser erzählen. Und es machte ihr mehr Spaß, als sie es selbst geahnt hatte.

Kapitel 13

Nachdem die Heimbewohner alle Wanda gelauscht und dabei Apple Pie gegessen hatten – Wanda hatte sich eine gedankliche Notiz gemacht, beim nächsten Mal mehr als nur einen Kuchen zu kaufen –, wurden sie zum Mittagessen gerufen.

»Es war so schön, dass du da warst«, sagte Evelyn und bedankte sich wohl zum zwanzigsten Mal bei ihr. »Kommst du bald wieder?«

»Ich komme wieder.« Sie gab ihr erneut eine kleine Umarmung und begleitete sie zum Speisesaal.

Dort nahm Shana sie beiseite und sagte: »Sie können richtig gut mit den Senioren.«

»Es hat mir wirklich Spaß gemacht, ihnen vorzulesen. Wenn ich darf, würde ich gerne wiederkommen und das wiederholen. Es gibt doch nichts Schöneres, als in fröhliche Gesichter zu sehen.«

»Ich mag Ihre Einstellung. Sie suchen nicht zufällig gerade einen Job, oder? Ich bin hier nämlich die Vorarbeiterin und händeringend auf der Suche nach jemandem wie Ihnen.«

Jetzt staunte Wanda. »Wie es der Zufall will, bin ich tatsächlich gerade auf der Suche ...«

»Dann können Sie gleich morgen anfangen – wenn Sie möchten, natürlich.«

»Ist das Ihr Ernst?«

Shana nickte.

Jetzt musste sie erst einmal nachdenken. War es wirklich das, was sie für die komplette Dauer ihres Magicals machen wollte? Nun ja, hier würde sie wenigstens ihre Märchen erzählen und Magie verbreiten können, dazu könnte sie Menschen sehr, sehr glücklich machen.

»Was genau müsste ich tun in diesem ... Job?«, fragte sie.

»Sie haben sicher keine Ausbildung zur Altenpflegerin absolviert, oder?«

Sie schüttelte den Kopf.

»Das macht aber nichts. Wir können auch Personal gebrauchen, das unsere Bewohner unterhält, das ihnen beim Mittagessen zur Hand geht, mit ihnen bastelt oder spazieren geht, sie zu Bett bringt und ihnen vorliest. Was sagen Sie dazu?«

Wanda musste nicht lange überlegen. Sie lächelte und nickte zustimmend. »Abgemacht!«

Shana schien zufrieden. »Wunderbar. Ich freue mich sehr, Sie als neue Mitarbeiterin bei uns begrüßen zu dürfen.«

»Ich freue mich ebenfalls.« Sie sah durch das große Fenster in den Speisesaal hinein und wusste, sie hatte richtig gehandelt.

»Evelyn sagte mir, Sie seien neu in der Stadt. Haben Sie denn schon eine Unterkunft gefunden?«

»Zurzeit nächtige ich in einem Hotel direkt am Strand.«

»Wenn Sie möchten ... Wir stellen unseren Mitarbeitern Zimmer zur Verfügung. Sie sind im Nebengebäude untergebracht. Dort gibt es keinen Aufzug, sonst hätte man die Räumlichkeiten wahrscheinlich längst schon als Pflegezimmer genutzt. Dort hat man übrigens auch einen Blick aufs Meer.«

Oh. Sollte es so sein, dass sie eine Arbeit und eine Wohnung innerhalb eines einzigen Vormittags gefunden hatte?

»Das klingt fantastisch. Wie teuer wäre so ein Zimmer denn für sechs Monate?«

»Sechs Monate? Haben Sie etwa vor, nur für sechs Monate zu bleiben? Da sähe die Angelegenheit natürlich gleich ganz anders aus.«

»Ich ... eigentlich ...«

»Ah, Sie wissen es noch nicht? Haben sich auf gemacht in die weite Welt und sind noch unsicher, was die Zukunft bringt?«

Wanda nickte. So war es wohl am besten.

Shana lachte. »Na, wir waren ja alle mal jung. Wie alt sind Sie?«

»Gerade achtzehn geworden.«

»So jung noch? Du lieber Gott, was ich mit achtzehn so angestellt habe. Da habe ich mich auf nach San Francisco gemacht und war ein ganzes Jahr lang stoned. Aber pssst! Niemandem erzählen, ich will doch einen seriösen Eindruck machen.«

Selbst wenn Wanda gewusst hätte, wovon die Frau eigentlich sprach, hätte sie es nicht weitererzählt. Immerhin hielt sie ihre Zukunft in Händen.

»Ich stelle nichts an«, rechtfertigte sie sich jetzt aber dennoch. »Ich habe außerdem jede Menge Abschlusszeugnisse und Zertifikate, ich kann sie sofort holen.«

Der Hohe Rat hatte ihnen alle nötigen Dokumente ausgestellt und mitgegeben. Sie befanden sich in dem lila Samtbeutel, den sie am Abend zuvor genauer unter die Lupe genommen hatte. Er beinhaltete neben den Dokumenten und dem dicken Geldbündel auch einen Stadtplan von Miami, eine Lupe, einen Ausweis mit ihrem Namen und einer Adresse, die ihr nichts sagte, sowie ihren Wertgegenstand, den sie abgegeben hatte. Jeder Prinzessin war es nämlich erlaubt, zwei oder drei kleine Dinge mitzunehmen, wobei der Wert dabei eher ein emotionaler war. So hatte

Wanda neben der Muschelkette ihrer Mutter und Williams Ring eine Haarsträhne von Tania mitgenommen.

Sie würde so gern wissen, was diese wohl gerade machte. Gefiel ihr ihr Magicalort? Hatte sie bereits eine Unterkunft, eine Arbeit oder einen Freund gefunden? Was würde aus ihr werden in Nashville? Würde sie sich sehr verändern?

Wanda fragte sich des Öfteren, ob sich die anderen Prinzessinnen wohl alle an die fünf goldenen Regeln halten würden. Würden sie ihre Prüfung bestehen? Liebe verbreiten? Würde sich die eine oder andere von ihnen vielleicht sogar selbst verlieben in dieser Welt, die so anders war als ihre eigene?

Eigentlich war sie ja gar nicht so viel anders. Natürlich gab es keine Schlösser, keine Blumenfelder und keine Wiesen, auf denen Einhörner grasten. Es gab keine Bälle, kein goldenes Besteck, stattdessen Plastikbesteck, dazu Pappteller und -becher. Man aß das Essen teilweise sogar mit den Händen, man konnte sich bewegen, ohne jederzeit beobachtet und zurechtgewiesen zu werden.

Was, wenn einige der Prinzessinnen dies ausnutzten? Was, wenn sie sich ohne Anstandsdame mit einem Mann trafen, noch dazu mit einem, der kein Prinz war? Ihr und William war es sogar gelungen, sich gut zwei Jahre lang heimlich zu treffen, hier würden sie sich alle mit männlichen

Wesen anfreunden, mit ihnen flirten, sich sogar mit ihnen verabreden können, ohne dass es irgendjemand bemerkte.

Und was wäre nun, wenn sich eine der Prinzessinnen so hoffnungslos verliebte, dass sie nicht zurück nach Fairyland gehen, sondern hier in der Realen Welt bleiben wollte?

Wanda wusste von einigen Prinzessinnen, denen dies passiert war. Es waren zwar wenige, aber es gab sie. Und sie hatten sich entscheiden müssen: für die Reale Welt und gegen ihr Zuhause, ihre Familie, ihren Reichtum. Sie waren mittellos zurückgeblieben an den Orten ihres Magicals, nur die Liebe als Nahrung. Oh, wie Wanda hoffte, dass sie ihr wahres Glück gefunden hatten.

Schneewittchens Tochter Ruby und Belles Tochter Olivia hatten es gewagt, hatten der Märchenwelt und allem, was sie kannten, den Rücken zugedreht, und man hatte nie wieder von ihnen gehört. Ob sie es heute wohl bereuten? Schließlich gab es kein Zurück; wenn es mit der wahren Liebe nicht klappte, hätten sie alles verloren.

Andererseits – konnte es mit der wahren Liebe überhaupt schiefgehen? Hieß sie denn nicht »wahre Liebe«, gerade weil sie einzigartig, weil sie unzerstörbar und endgültig war?

So wie das, was sie mit William hatte. William …

»Wanda?«, hörte sie jemanden sagen.

Sie schüttelte den Kopf, um all die Gedanken abzuwerfen, die sich dort hineingeschlichen hatten.

Shana sah ihr direkt ins Gesicht. »Wo sind Sie denn mit Ihren Gedanken?«

»Es tut mir leid, ich bin nur ein wenig ... müde.«

»Kein Problem. Sie haben sicher noch einen Jetlag. Woher kommen Sie? Haben Sie unterschiedliche Zeitzonen durchflogen?«

Mal wieder wusste Wanda nicht, wovon die Rede war. »Ich komme aus einem völlig anderen Raum und einer völlig anderen Zeit«, sagte sie nur und hoffte, Shana würde sich damit zufriedengeben.

»Dann ist das doch verständlich. Ich würde sagen, Sie holen jetzt Ihre Sachen und ich bringe Sie auf Ihr Zimmer, und dann ruhen Sie sich mal ordentlich aus, damit Sie morgen an Ihrem ersten Arbeitstag so richtig fit sind, ja?«

»Das hört sich gut an. Wir haben noch überhaupt nicht über das Finanzielle gesprochen. Wie viele Goldmünzen ... ich meine, wie viel von dem Papiergeld wird mich mein Zimmer kosten?«

Shana sagte ihr, wie viel sie verdienen und wie viel das Zimmer sie kosten würde. Nachdem Wanda alles ausgerechnet hatte und zu dem Ergebnis gekommen war, dass sie mit dem, was ihr übrig blieb, gut über die Runden kommen sollte, willigte sie ein.

»Dann gehe ich jetzt mal meine Sachen holen«, sagte sie und freute sich richtig.

Dies war ein wirklich guter Tag. Summend tänzelte sie aus dem Gebäude und ging zurück ins Hotel, wo sie sich bereits nach einem Tag wieder abmeldete, um in ihr neues Zuhause einzuziehen.

Kapitel 14

An ihrem ersten Arbeitstag war Wanda hoch motiviert. In ihrem neuen bunten Blümchenkleid erschien sie zur Arbeit, reichte Shana noch ihre Dokumente zur Einsicht und unterschrieb dann einen Arbeitsvertrag.

Ihr erster Job, wie man es hier nannte – sie war stolz wie nie.

Wie schon am Tag zuvor erzählte sie heute allen Bewohnern, die Interesse hatten, ein Märchen. Heute war *Die Prinzessin auf der Erbse* an der Reihe.

»Gibt es auch wieder Apple Pie?«, erkundigten sich einige der Zuhörer.

»Nein, tut mir leid, heute war ich ja noch gar nicht draußen und hatte keine Gelegenheit, welchen zu besorgen. Wenn Sie aber wollen, können wir alle später einen Spaziergang machen und welchen kaufen gehen.«

»Oh ja«, kamen begeisterte Ausrufe.

»Ich muss aber erst noch Shana fragen, ob das auch in Ordnung ist. Sonst geht das noch glatt als Entführung durch.« Sie lachte.

Da wurden sie auch schon zum Mittagessen gerufen. Wanda ging mit und setzte sich zu einigen älteren Herrschaften an den Tisch. Sie füllte Wasser nach, band Lätzchen um und hielt dem einen oder anderen die Gabel, der sie mit seiner zitternden Hand nicht mehr selbst halten konnte.

Nach dem Essen wurde Mittagsschlaf gehalten und Wanda ging mit ihrem Vorschlag zu Shana.

»Dürfte ich später vielleicht mit den Heimbewohnern einen Spaziergang zum Ocean Drive machen? Wir wollen uns Apple Pie kaufen.«

»Wir haben hier doch auch jeden Nachmittag Kuchen im Angebot«, sagte Shana lachend. »Na, er schmeckt wohl gleich viel besser, wenn er von einer waschechten Prinzessin kommt.« Sie zwinkerte ihr zu.

Wanda erstarrte. Wusste Shana etwa Bescheid?

»Ich habe Sie vorhin ein bisschen beobachtet, das mache ich bei allen neuen Mitarbeitern. Ich muss ja einen Bericht abgeben. Sie machen Ihre Sache wirklich toll und sind so überzeugend, dass sogar ich Ihnen beinahe abgenommen hätte, dass Sie aus dem Märchenland kommen.«

Wanda versuchte zu lachen und sich nichts anmerken zu lassen. Hätte sie diese Geschichte lieber doch nicht erzählen sollen?

»Das war nur ... Ich dachte nur, wenn ich schon Märchen erzähle, dann ...«

»Eine nette Idee. Märchen von einer echten Märchenprinzessin erzählt zu bekommen, macht es doch gleich noch viel abenteuerlicher. Bleiben Sie ruhig dabei. Den Alten gefällt das.«

Wanda lächelte und konnte erleichtert ausatmen.

»Nun holen Sie sich aber selbst was zu essen, Sie haben Mittagspause. Die Bewohner sind früher wieder wach, als Sie denken. Dann dürfen Sie sich gerne fünf von ihnen aussuchen und sie mit an den Strand nehmen.«

»Oh, nur fünf?«

»Leider sind nicht mehr erlaubt bei nur einer Betreuerin.«

Das war aber schade. Und wie sollte sie nun fünf von ihnen auswählen?

Wanda ließ sich etwas von dem Gemüseauflauf auffüllen und aß das sehr weich gekochte Gemüse. Dann lief sie schnell rauf in ihr Zimmer und holte sich ein bisschen Geld. Sie hätte vielleicht auch Shana danach fragen können, aber sie wollte ihre neuen Freunde gerne einladen.

Als sie sich in dem kleinen Zimmer umsah, musste sie lächeln. Zum ersten Mal in ihrem Leben hatte sie ein eigenes Heim. Im elterlichen Schloss und auf dem Internat hatte sie natürlich stets ihr eigenes Zimmer gehabt, aber sie hatte noch nie ganz allein gelebt und für sich selbst sorgen müssen.

Im Grunde gefiel es ihr, hier im Heim untergebracht zu sein, so musste sie sich nie einsam fühlen, hatte immer liebe Menschen um sich und sogar Gesellschaft beim Essen. Sie erinnerte sich an das einsame Abendessen allein im Hotelzimmer. Die Calamari waren aber äußerst köstlich gewesen, sie beschloss, sich auf dem Rückweg vom Strand nochmal welche zu holen und sie später am Abend zu essen.

Ihr Zimmer war noch leer, hatte keinen persönlichen Touch, aber das würde sie bald ändern. Bald würde dies ihr richtiges neues Zuhause sein, wenn auch nur für sechs Monate.

Sobald alle wieder wach waren, fragte sie, wer Lust auf einen Spaziergang hätte, und gleich zehn der Senioren meldeten sich.

»Oje, das hatte ich schon befürchtet. Leider darf ich nur fünf von Ihnen mitnehmen. Mit den anderen fünf gehe ich dann morgen los, ja?«

Sie sah einige enttäuschte Gesichter, jedoch war bei der Aussicht auf einen Ausflug am nächsten Tag schnell aller Kummer vergessen. Man einigte sich schnell, die fünf Auserwählten ließen sich von Wanda mit Sonnencreme einschmieren und sich einen Sonnenhut aufsetzen, dann zogen sie los – zwei mit Gehstock und drei mit dem Rollator.

Im Schneckentempo gingen sie die palmengeschmückten Straßen entlang, bis sie den Ocean

Drive erreichten. Da die meisten jetzt schon erschöpft waren, machten sie an einem Café Halt und tranken eine frische Limonade.

Mit Blick auf den Strand genossen sie den Freigang, wie sie ihren Ausflug nannten.

»Können wir auch zum Strand gehen? Ich wohne so nah am Meer und war seit sicher zehn Jahren nicht mit den Füßen im Wasser«, sagte einer der beiden älteren Herren namens Ben.

Wanda wusste nicht, ob sie das durften und ver-sprach, Shana zu fragen und beim nächsten Mal dann auch ein paar Handtücher einzupacken. Damit waren alle zufriedengestellt und sie konnten weitergehen, zur Bäckerei hin, wo es den leckeren Apple Pie gab.

Heute würden sie genug kaufen, dass es auch wirklich für alle reichte, schwor Wanda sich.

Mit sechs großen Kuchen beladen gingen sie zurück zum *Coconut Home*, wo es schon bald wieder das Abendessen gab. Zum Nachtisch verteilte Wanda Apfelkuchenstücke an die Heimbewohner und das Personal, und Shana hieß sie noch einmal offiziell willkommen. Wanda probierte nun selbst auch endlich von dem Kuchen und musste gestehen, dass sie nur selten etwas so Schmackhaftes gegessen hatte.

Vor dem Schlafengehen wollten einige noch eine Geschichte hören und Wanda erzählte ein kurzes Märchen, bevor der Tag sich dem Ende neigte.

Allein in ihrem Zimmer widmete sie sich endlich den frittierten Tintenfischringen, und diesmal fühlte sie sich überhaupt nicht mehr einsam, denn nicht weit entfernt waren viele neue Freunde, die sie schon jetzt lieb gewonnen hatte, und die sie und ihre Märchen so dankbar aufgenommen hatten.

Mit solch herzlichen Menschen würde sie die sechs Monate ganz bestimmt durchstehen, das wusste sie. Und mit Apple Pie ganz sicher.

4 MONATE SPÄTER

Kapitel 15

»Wer hat Lust, einen Kuchen zu backen?«, fragte Wanda nach dem Frühstück in die Runde.

Sogleich meldeten sich ein Dutzend Heimbewohner, die schon in den letzten Wochen großen Spaß daran gefunden hatten, mit ihr zu backen.

Sie hatten zwar auf der Crown Hauswirtschaftsunterricht gehabt, doch einen originalen Apple Pie zu backen, hatte sie dort nicht gelernt, das hatte sie sich erst selbst beibringen müssen. Inzwischen gelang es ihr aber immer besser und das Ergebnis konnte sich sehen lassen.

»Na super! Also dann, jeder, der Lust hat, kommt bitte mit in die Küche.«

Sie backten den ganzen Vormittag Kuchen, bis es Zeit zum Mittagessen war. Als die älteren Herrschaften alle im Bett waren oder es sich im Lesezimmer gemütlich gemacht hatten, machte Wanda sich auf zum Strand. Es war ihr freier Nachmittag und sie freute sich schon die ganze Woche darauf, endlich wieder mal schwimmen zu gehen.

Das gefiel ihr an Miami am allermeisten. Das wunderbare weite Meer, das sie nur für sich hatte. Natürlich gingen viele Menschen ins Wasser, aber keiner wagte sich so weit hinaus wie sie.

Am Strand angekommen, legte sie sich ein Strandtuch zurecht, legte ihr Kleid und die Ballerinas ab und stürzte sich galant ins Wasser.

Sie schwamm eine gefühlte Ewigkeit, und als sie schon glaubte, gleich Schwimmhäute zu bekommen, kam sie endlich heraus, um auf ihrem Strandtuch in der Sonne zu baden.

Auf dem Weg dorthin wurde sie allerdings aufgehalten. Ein Mann mit Hut und Sonnenbrille sprach sie an. Er trug seine Schuhe in der Hand und sah sie von oben bis unten an.

»Sie sind fantastisch!«, sagte er.

»Wie bitte?« Sie trat einen großen Schritt zurück.

»Einfach unfassbar. Wie alt sind Sie?«

»Ich … äh … ich denke nicht, dass Sie das irgendetwas angeht.«

Sie hatte, seit sie in der Realen Welt war, einige unschöne Erfahrungen mit Männern machen müssen. Es war doch nicht alles nur Sonnenschein, wie es ihr am Anfang vorgekommen war.

Einmal hatte sie sich abends nach Anbruch der Dunkelheit noch hinausgewagt, um sich im kleinen Markt an der Ecke eine Traubenlimonade zu kaufen, da hatte ein Mann sie angesprochen. Er hatte sie um Geld gebeten, und noch bevor sie ihm etwas geben konnte, was sie natürlich gemacht hätte, denn er sah sehr arm aus und hatte es sicher dringend nötig, hatte er plötzlich ein Messer in der Hand. Mit dem fuchtelte er vor ihrem Gesicht herum und sagte ihr, dass sie ihm schnellstens ihre Tasche geben sollte. So hatte sie ihren Beutel verloren, in dem sich zwar keine Wertgegenstände befanden, aber der schöne Beutel war fort und zwanzig Dollar dazu.

Am nächsten Tag hatte sie sich eine Handtasche gekauft, diese war aber nicht halb so schön wie der hübsche Samtbeutel, der sie an zuhause erinnerte.

In den letzten Monaten hatte sie auch des Öfteren vor dem Ding namens Fernseher gesessen und sich zusammen mit den Heimbewohnern die Nachrichten angesehen. Beinahe jedes Mal musste sie sich dabei die Augen zuhalten, weil von so grausamen Ereignissen berichtet wurde. Morde und Vergewaltigungen, Kriege und Attentate. Sie musste beinahe jedes Mal weinen, wenn sie so etwas sah, auch wenn sie dies nie vor den Bewohnern tat, sondern sich schnell auf die Toilette verzog. Dann brauchte es ein extra langes Märchen am Abend, bevor es ihr wieder besserging.

»Verzeihen Sie, ich bin kein Spanner oder so was. Aber ich habe Sie beobachtet, wie Sie sich im

Wasser bewegt haben, und Sie haben einfach eine unglaubliche Figur.«

Jetzt lief Wanda rot an und wurde sich ihrer Nacktheit bewusst. Wie der Mann sie anstarrte, das war wirklich unverschämt. Sie versuchte sich mit den Händen zu bedecken, was unmöglich war, also griff sie schnell zu ihrem Handtuch und hielt es sich vor den Körper.

»Ich muss Sie enttäuschen, Sir, aber ich bin verlobt«, sagte sie und hielt ihm ihre Hand mit Williams Ring vor die Nase.

Der Mann lachte nur. »Keine Sorge, ich bin schwul.«

»Oh«, machte sie. Inzwischen wusste sie nämlich, was dieses Wort bedeutete. Der Sohn einer der Heimbewohnerinnen war ebenfalls schwul und kam seine Mutter oft zusammen mit seinem Liebhaber besuchen.

»Ich bin Modelscout«, erklärte der Mann ihr nun, was ihr aber überhaupt nichts sagte.

»Ein was, bitte?«

»Modelscout. Immer auf der Suche nach neuen Models, die ich an Werbeaufträge weitervermittle.«

»Und was wollen Sie dann von mir?«, fragte sie vorsichtig.

»Sie zum Model machen – falls sie noch keins sind.«

Nun musste sie schmunzeln. »Da habe ich kein Interesse, tut mir leid. Ich habe bereits eine Arbeit.«

»Was machen Sie, wenn ich fragen darf?«

»Ich bin im *Coconut Senior Citizen Home* beschäftigt.«

»Sie sind Altenpflegerin?«, fragte er abschätzig und sah sie über die Sonnenbrille hinweg an.

»Es ist ein ehrenwerter Job, Sir«, sagte sie ein wenig beleidigt.

»Mag schon sein, aber verdienen Sie da auch tausend Dollar am Tag?«

»Eintausend Dollar?«, fragte sie verwundert. Viel mehr verdiente sie im ganzen Monat nicht.

»Überlegen Sie es sich. Hier ist meine Karte.« Er reichte ihr eine von diesen kleinen Visitenkarten. »Melden Sie sich einfach, dann nehme ich Sie in meine Agentur auf.«

Sie nahm die Karte an, las den Namen »Anthony Brick« und reichte sie ihm gleich wieder zurück. »Ich denke nicht, dass ich mich melden werde, denn wie schon gesagt, habe ich bereits einen Job.«

»Behalten Sie sie. Und sagen Sie niemals nie.« Er grinste und ging davon.

Wanda blieb verwirrt zurück. Sie legte sich endlich in die Sonne und ließ sich das eben Geschehene noch einmal durch den Kopf gehen.

Merkwürdige Menschen gab es. Diesem Anthony Brick wollte sie kein zweites Mal begegnen, der hatte ihre Aufgabe im Seniorenheim niedergemacht. Sie mochte ihn nicht, das wusste sie jetzt schon. Zum Glück musste sie ihn nie wieder treffen, viel lieber umgab sie sich mit Evelyn, Hannah, Ben und all den anderen lieben Menschen im Heim, als dass sie sich mit so jemandem anfreundete. Glücklicherweise konnte man sich ja aussuchen, mit wem man befreundet sein wollte, dachte sie und machte sich bald auf zurück zum Seniorenheim, wo Evelyn schon mit einem Stück Kuchen auf sie wartete, das sie ihr aufbewahrt hatten.

Kapitel 16

Wanda zählte die Tage und die Stunden. In 52 Tagen würde sie ihren William wiedersehen. Das meiste war überstanden, der Rest würde auch noch zu schaffen sein. Jetzt dauerte es gar nicht mehr lange und sie würde wieder bei ihm sein, würde seine süßen Lippen schmecken und seine Hand halten dürfen.

»Welche Geschichte erzählst du uns heute?«, fragte Trudy, eine blondierte Siebzigjährige, und riss sie aus ihren Träumereien.

»Welche möchtet ihr denn heute hören?«

»Die Geschichte von Arielle«, rief Evelyn und klatschte in die Hände.

»Oh ja, das Märchen über deine Mutter«, stimmte Trudy ein.

Wanda lächelte. »Na gut. Ihr wisst ja alle, dass Arielle meine Mutter ist.« Sie zwinkerte ihnen zu und sie alle lachten. »Arielle war nicht immer ein Mensch. Früher einmal war sie eine Meerjungfrau, die im großen Ozean lebte ...«, begann sie zu erzählen und alles hörte wie gebannt zu.

So verlief es jeden Tag in den letzten vier Monaten. Alle hatten sich in Wanda und ihre Geschichten verliebt, man konnte gar nicht genug bekommen und wollte immer noch ein Märchen hören. Inzwischen hatte sie alle durch und wiederholte sich, aber das machte nichts, denn die meisten der Heimbewohner hatten eh so ein schlechtes Gedächtnis, dass sie schnell wieder vergaßen, was sie ihnen am Tag zuvor erzählt hatte. Und diejenigen, die sich noch gut erinnerten, hatten nichts dagegen, dieselbe Geschichte noch einmal zu hören.

»Du solltest Märchenbücher schreiben,«, sagte Shana ihr einmal.

»Oh nein. Ich erfinde ja keine Märchen, ich erzähle nur altbekannte.«

»Das machst du aber unglaublich gut. Dann solltest du vielleicht Hörbuchsprecherin werden.«

Wanda fragte sich, was nur alle hatten. Warum wollte ihr jeder einen neuen Job andrehen? Sie war doch ganz zufrieden mit dem, den sie hatte.

»Auf jeden Fall solltest du später deinen Kindern deine Märchen erzählen. Du willst doch welche haben?«

»Aber natürlich. Eine ganze Schar«, sagte sie.

»Hast du auch schon den passenden Mann dazu gefunden? Es ist mir nicht entgangen, dass du einen hinreißenden Ring trägst.«

Wanda hob ihre Hand und betrachtete den Ring zum wohl millionsten Mal. Sie hatte ihn seit ihrer Ankunft in Miami nicht abgenommen und sich geschworen, dies niemals zu tun.

»Ja, der ist von meinem Liebsten, William.«

»Wo ist William? In deiner Heimat?«

Sie nickte.

»Und da wartet er auf dich? Willst du deswegen nur sechs Monate in Miami bleiben?«

»Es ist kompliziert.«

»Verstehe schon. Er hat dir einen Antrag gemacht, aber du fühlst dich noch zu jung, oder? Wolltest dir erst noch ein wenig die Hörner abstoßen.«

Welche Hörner denn? Sie war doch kein Einhorn!

»Das ist es nicht. Nun ja ... ich bin schon aus einem bestimmten Grund weggegangen und außerdem wären unsere Eltern dagegen, wenn wir so früh heiraten. Aber nun bin ich ja achtzehn und ich arbeite und verbreite Märchen und Magie ... und William hat vor, schon ganz bald bei meinem Vater um meine Hand anzuhalten.«

»Oooh, wie romantisch.« Shana hielt sich beide Hände ans Herz. »Wo gibt es denn heute noch so was?«

»Da, wo ich herkomme, wird das so gemacht.«

»So langsam fange ich echt an zu glauben, dass du aus dem Märchenland kommst«, sagte Shana und sah ihr in die Augen. Dann lachte sie jedoch.

»War nur Spaß. Ich weiß doch, dass du aus Kanada kommst.«

Kanada. Das stand auf ihrem Ausweis.

»Ich werde jetzt beim Mittagessen anrichten helfen, ja?«

Shana hielt ihren Arm fest. »Du bist eine gute Seele«, sagte sie. »Gott sei mit dir.«

»Danke schön«, erwiderte Wanda und ging den Tisch decken. Dabei summte sie *Under the Sea*.

»Du bist immer so fröhlich«, sagte Valerie ihr. Valerie war eine der anderen Pflegerinnen.

»Das schreiben mir die goldenen Regeln vor«, entgegnete Wanda.

»Ja, solche Regeln hab ich auch. Meine lauten wohl aber anders als deine.«

»Wie lauten denn deine?«, fragte sie interessiert.

»Gehe niemals mit demselben Mann zweimal ins Bett, trinke niemals ein sechstes Bier und steig bloß niemals wieder auf eine Waage.« Sie lachte.

Wanda wusste nicht so recht, ob sie das zum Lachen finden sollte.

»Diese Regeln halten mich seit Jahren von jeglichem Ärger und von jeglicher Depression fern.« Valerie lachte wieder und Wanda zwang sich zu einem Lächeln.

Lächle stets ein gütiges Lächeln – Regel Nummer vier.

Kapitel 17

Eine Woche später ging Wanda mit Evelyn, Hannah und Trudy den Ocean Drive entlang. Die drei hatten sie zu einem Einkaufsbummel überredet, da sie dringend neue Kleidung brauchten. Ein Einkaufsbummel war in Ordnung, da war auch Shana mit einverstanden. Was sie allerdings nicht mehr erlaubte, waren Ausflüge nach Little Havanna, wo einige der Heimbewohner Wanda erst vor Kurzem überredet hatten, hinzufahren. Leider waren sie nach viel zu scharfen Empanadas und Tamales alle mit Magenbeschwerden zurück ins *Coconut Home* gekehrt.

Heute allerdings hatten sie Spaß beim Shoppen. Sie waren bereits in drei verschiedenen Boutiquen gewesen und hatten etliche Sachen anprobiert, als Wanda eine kleine Pause in einem Café vorschlug.

Während sie alle Eiscafé tranken, hörte Wanda plötzlich eine Stimme hinter sich.

»Sie haben sich nicht gemeldet.«

Überrascht drehte sie sich um. Der Mann vom Strand stand vor ihr. Der Modelscout. Anthony irgendwas. Oh nein, was wollte er denn nur von ihr? Sie hatte gehofft, ihn niemals wiederzusehen.

»Mr. ...«

»Brick.«

»Mr. Brick, ich hatte Ihnen doch gesagt, dass ich kein Interesse habe.«

Die drei älteren Damen sahen dem Geschehen gespannt zu.

»Und ich habe Ihnen gesagt, dass Sie das perfekte Model wären. Lassen Sie mich Ihre Freundinnen fragen. Finden Sie nicht auch, dass diese junge Dame einfach fabelhaft aussieht und sich fantastisch auf Werbeplakaten und in Zeitschriften machen würde?«, wandte er sich nun an Evelyn, Hannah und Trudy.

Die drei nickten eifrig. Evelyn sagte: »Ich sage Wanda immer wieder, wie hübsch sie ist.«

»Wanda heißt sie also, ja?« Er grinste. »Darf ich mich zu Ihnen setzen, Wanda?«

Bevor sie antworten konnte, boten die drei Damen Anthony schon einen Stuhl an. Dieser setzte sich Wanda gegenüber, stützte die Ellbogen auf dem Tisch ab und faltete die Hände. Er sah sie an.

»Ich habe das ganz ernst gemeint. Sie sind wie geschaffen fürs Modelbusiness. Kommen Sie in meine Agentur, ich nehme Sie unter meine Fittiche.«

»Ich möchte aber nicht unter irgendwelche Fittiche genommen werden«, sagte Wanda. »Wie ich

Ihnen bereits mitteilte, habe ich einen Job und gedenke keinesfalls, diesen aufzugeben.«

»Das müssen Sie doch gar nicht. Sie müssten sich nur ab und zu mal einen Tag freinehmen.«

»Ich glaube nicht, dass das möglich ist.«

»Doch, das ist es ganz bestimmt«, sagte Hannah. »Shana wird das bestimmt einrichten können.«

»Shana wird ausflippen, wenn sie das hört, auf positive Weise«, stimmte Trudy zu.

»Wer ist Shana?«, erkundigte sich Anthony Brick.

»Die Leiterin des Seniorenheims, in dem wir alle wohnen«, klärte Evelyn ihn auf.

»Soll ich mal mit Shana reden?«, fragte er.

Wanda fühlte sich völlig überrumpelt. »Mr. Brick, was verstehen Sie denn nicht an meinen Worten? Ich. Habe. Kein. Interesse.«

»Ach, bitte. Geben Sie uns eine Chance. Morgen findet hier am South Beach ein großes Fotoshooting statt. Kommen Sie einfach mal vorbei und schauen Sie es sich an. Ihre Freundinnen sind auch eingeladen.« Er zwinkerte den Damen zu.

Die drei lächelten geschmeichelt. Wanda fragte sich, ob sie wohl ahnten, dass der Mann schwul war.

»Oh, bitte, Wanda. Geh doch und sieh es dir an. Du hast doch nichts zu verlieren«, bat Evelyn.

»Ich muss doch aber arbeiten.«

»Wir können dich rausschmuggeln, indem wir sagen, wir hätten heute nicht alles bekommen und wollen morgen noch einmal einkaufen gehen. Wir würden uns auch so gerne mal ein richtiges Fotoshooting mitansehen«, sagte Hannah.

»Was wird denn da fotografiert?«, wollte Trudy wissen.

»Es werden Bilder für eine neue Kaugummi-Marke gemacht. Heiße Mädels im Bikini. Ich weiß ja nicht, was das mit Kaugummi zu tun hat ...« Er lachte. »... aber der Kunde besteht drauf.«

Die Damen stimmten mit ein und kicherten. Ja, dieser Anthony hatte Charme, das musste man ihm lassen. Und nun waren die drei Damen auch noch so begeistert von der Idee. Wie könnte Wanda ihnen ihren Wunsch abschlagen?

»Also gut. Ich komme und sehe es mir an, ja? Aber ich verspreche noch gar nichts.«

»Wunderbar. Drei meiner Models sind mit beim Shooting dabei, da können Sie schon mal sehen, was Sie erwartet.« Er wandte sich wieder an die drei alten Damen. »Und wenn meine Models ausfallen, können ja Sie einspringen.«

Die drei waren hin und weg und kicherten wie die Teenager.

»Jetzt müssen wir aber langsam weiter«, sagte Wanda.

»Bis morgen dann? Wir werden den ganzen Tag da sein, ein Teil des Strandes wird abgesperrt. Fragen Sie einfach nach mir, ja?«

Wanda nickte, wusste aber noch immer nicht, was sie von der ganzen Sache halten sollte. Ihre drei Freundinnen dagegen schmiedeten schon Pläne für den morgigen Tag. Na, wenigstens hatte sie sie glücklich gemacht, dachte Wanda und sah zum Strand hin, dessen Anblick sie immer wieder verzauberte.

Kapitel 18

Die nächsten Tage waren vergangen wie im Flug. Wanda hatte sich tatsächlich mit Evelyn, Hannah und Trudy auf zum Strand gemacht. Sie hatten an der Absperrung nach Anthony Brick gefragt und waren wie VIPs durchgelassen worden. Dann hatten sie auf Sonnenstühlen platznehmen und zusehen dürfen, wie wunderhübsche schlanke Models in superknappen Bikinis posierten und fotografiert wurden, dabei wurden ihnen eiskalte Cocktails gereicht.

Für die drei alten Damen war es ein Riesenspaß. Wanda gefiel die ganze Sache weit weniger. Sie hatte auf keinen Fall im Sinn, es diesen Models gleichzutun und sich wie ein Objekt ablichten zu lassen – erst recht nicht in so einem knappen Outfit. Das sagte sie Anthony Brick auch, als sie sich aufmachten, um pünktlich zum Mittagessen zurück im Heim zu sein.

»Überlegen Sie es sich doch noch mal. Ich habe da einen neuen Kunden an der Angel, ein Parfumhersteller. Er will nächste Woche shooten und sucht noch einige außergewöhnliche Models, bevorzugt blonde. Sie wären einfach perfekt für den Job geeignet. Sie bekämen achthundert Dollar für einen halben Tag Arbeit.«

Evelyn klatschte schon wieder in die Hände. Bei einem strengen Blick Wandas hörte sie allerdings sofort damit auf.

»Das ist wirklich leicht verdientes Geld«, fuhr Anthony fort.

»Ich habe so etwas noch nie gemacht. Wie können Sie sich so sicher sein, dass es mir gelingt?«

»Ich bin seit fünfzehn Jahren in diesem Geschäft, ich sehe auf Anhieb, wer es draufhat und wer nicht.«

»Und ich habe es ... drauf?« Wanda war sich da überhaupt nicht sicher. Auch wusste sie nicht, wofür sie das Geld überhaupt brauchen sollte. Nun ja, sie könnte den Heimbewohnern eine Freude damit machen und Kuchen für alle kaufen – eine ganze Woche lang.

»Da bin ich mir hundertprozentig sicher.«

»Mir wäre aber nicht sehr wohl dabei, in solch einer knappen Aufmachung zu posieren«, sagte sie.

»Ach, hatte ich das noch nicht erwähnt? Es handelt sich dabei nicht um ein Bademoden-Shooting. Der Kunde möchte in aufwendigen Kleidern shooten.«

»In aufwendigen Kleidern?« Jetzt war sie ganz Ohr. Etwa in solchen Kleidern, wie sie sie in Fairyland getragen hatte? Sie vermisste es richtig, sich so auszustaffieren und würde wirklich gerne mal einen ganzen Tag lang in einem eleganten Ballkleid herumlaufen.

»Ich denke mal darüber nach, einverstanden?«, sagte sie.

»Das ist alles, was ich will. Aber sagen Sie mir bitte bis morgen Mittag Bescheid.«

»Ich werde mich melden, ich habe ja Ihre Nummer.«

Sie scheuchte die drei alten Damen zusammen. »Nun kommt, sonst verpassen wir noch das Mittagessen.« Schließlich brauchten sie eine ganze Weile, bis sie wieder beim *Coconut Home* waren.

Als Wanda nun auf ihre Uhr sah, erkannte sie, dass es sowieso schon zu spät war, das würden sie niemals mehr rechtzeitig schaffen. Sie rief also ein Taxi heran, das aber an ihnen vorbeifuhr. Erst als Trudy die Finger an die Zunge legte und laut pfiff, kam eines herbei.

»Wow, Trudy, wo haben Sie das denn gelernt?«, fragte sie erstaunt, während sie den Damen in den Wagen half.

»Ich habe früher in New York gelebt.«

»New York. Da ist meine Freundin Lizzy gerade. Ist es schön in New York?«

»Es ist fantastisch.«

Da freute Wanda sich für Lizzy.

»Und man muss so pfeifen können, um in New York zu leben?«, fragte sie.

»Nur wenn man viel Taxi fährt«, sagte Trudy lachend.

Mit einem mulmigen Gefühl lehnte Wanda sich zurück. Dies war bereits ihre siebte Autofahrt, aber so ganz geheuer waren ihr diese Vehikel immer noch nicht.

Später am Nachmittag im Seniorenheim saß Wanda mit einigen Bewohnern beisammen und bastelte ein paar neue Kegel aus Pappmaschee, die sie zum Bowling benutzen wollten.

»Wisst ihr, es gäbe da ja eine viel bessere Art des Bowlings«, sagte Walter, ein junggebliebener Achtzigjähriger, der gerne mit den weiblichen Bewohnern flirtete.

»Ah ja? Und die wäre?«, fragte Evelyn.

»Eine Wii muss her.«

»Eine was, bitte?« Hannah schaute ahnungslos drein.

Genauso ahnungslos war natürlich auch Wanda. Sie hatte nicht die geringste Ahnung, was eine Wii sein sollte.

»Na, das ist eine Videospiel-Konsole. Da kann man Spiele drauf spielen und alle nur erdenklichen Sportarten machen. Bowling. Tennis, Tanzen ... das wäre gut für unsere Fitness.«

»Beantrage doch die Anschaffung eines solchen Geräts«, schlug Evelyn vor.

»Hab ich schon versucht. Im Grunde versuche ich es seit Jahren. Shana sagt mir aber immer nur wieder, dass so was im Budget nicht drin ist.«

»Oh, wie schade«, kam von Hannah. »Das hört sich nämlich spaßig an.«

»Ja, wirklich zu schade, dass wir uns so etwas nicht leisten können«, sagte nun auch Evelyn und sah Wanda dabei verschwörerisch an.

Wanda verstand auch ohne Worte, was Evelyn im Sinn hatte.

Hm ... würde sie diesen Model-Job annehmen, könnte sie ihren Freunden so eine Konsole kaufen. Vorausgesetzt natürlich, sie war nicht teurer als achthundert Dollar.

»Fünfhundert mit Spielen und allem Drum und Dran«, klärte Walter sie auf, als sie ihn danach fragte.

»Dann warten Sie mal ab. Vielleicht kann ich da was machen«, sagte sie lächelnd.

»Du bist also doch eine echte Märchenfee. Ich hab´s doch gewusst.« Walter strahlte.

»Eine Fee bin ich nicht. Nur eine gewöhnliche Prinzessin. Also, welches Märchen wollt ihr heute vor dem Schlafengehen hören? Beratschlagt euch schon mal.«

»Das von Schneewittchen«, rief Trudy.

»Cinderella«, verlangte Hannah.

»Ich mag das mit dem Frosch«, sagte Walter.

»Nein, das mit den Zwergen, das ist lustig«, meinte Ben.

»Das ist doch *Schneewittchen*«, erklärte Trudy.

»Tatsache?«

»Ja, natürlich. Schneewittchen und die sieben Zwerge.«

»Ach herrje, ich werde wohl alt.« Ben sah betrübt aus.

»Du *bist* alt«, erwiderte Trudy lachend.

»Ich möchte das Märchen von Arielle noch einmal hören«, sagte Evelyn träumerisch.

»Das nennt ihr euch einigen?« Wanda ging lachend davon. So ein bunter Haufen von Individuen. Und bestimmt jeder von ihnen wäre eine wunderbare Figur für ein neues Märchen, wenn denn noch welche geschrieben werden würden.

Kapitel 19

Wanda hatte sich bei Anthony gemeldet, der ganz aus dem Häuschen gewesen war. Sie hatte zugesagt, den Job zu machen und Anthony lud sie zu sich in seine Agentur in North Beach ein, um ihr zu erklären, wie sie was zu tun hatte. Er machte außerdem ein paar Fotos von ihr und erstellte eine Sedcard. Dann ließ er sie einen Vertrag unterschreiben und weihte sie in die Geheimnisse des Modellebens ein. Sie solle bloß nicht mit den Drogen anfangen, sie solle auf keinen Fall mit den Leuten, die ihr einen Job gaben, in die Kiste hüpfen und sie dürfe vor einem Job auf keinen Fall etwas zu sich nehmen außer Wasser. Und davor am besten drei Tage lang nichts als Brühe und Gurkensticks.

»Das ist aber ein hartes Geschäft«, sagte sie überrascht. Damit hatte sie nicht gerechnet.

Als sie dann am kommenden Dienstag am Set in der Innenstadt von Miami stand, erkannte Wanda aber erst, wie hart das Business wirklich war.

»Still stehen!«, »Nicht blinzeln«, »Bauch einziehen«, »Die Lippen anfeuchten«, kamen die Anweisungen des Regisseurs. Der Fotograf schoss sicher eine Million Fotos von den Models, die vor ihr dran waren. Als sie dann endlich an der Reihe war, wusste sie bereits, was von ihr erwartet wurde. Sie war nämlich sehr aufmerksam gewesen. Die Dinge dann umzusetzen, war eine andere Sache.

Sie erschien in dem skurrilen lila Kleid, das ihr gegeben wurde. Dass es lila war, sah sie als gutes Omen – Lila war schließlich ihre Lieblingsfarbe. Ihre Haare wurden zu Locken gedreht, ihr Gesicht wurde so sehr geschminkt, dass sie sich kaum wiedererkannte, und ihr wurde gesagt, sie solle den Ring abnehmen.

»Nein, den nehme ich nicht ab«, hatte sie der Regieassistentin gesagt.

Als sie nun vor dem Regisseur stand, starrte dieser sie verärgert an: »Du willst den Ring nicht abnehmen?«

»Nein. Er bedeutet mir sehr viel. Ich nehme ihn niemals ab.«

»Das hier ist ein Fotoshooting, da gibt es keinen Platz für Gefühlsduselei. Der Ring ist dein privates Ding, kapiert? Das hier ist ein Job! Nimm ihn ab oder du bist gefeuert.«

Oh nein. Würde sie gefeuert, könnte sie Walter und den anderen die Wii nicht kaufen. Ihr stießen Tränen in die Augen.

»Jetzt fang bloß nicht an zu heulen. Das schöne Make-up!«

»Lass sie doch den Ring anbehalten«, mischte sich der Fotograf vorsichtig ein.

Jetzt sah der Regisseur seinen Fotografen böse an. »Was soll das alles? Gerade haben wir noch überlegt, sie auch den Werbespot machen zu lassen, wenn sie sich nicht ganz dumm bei den Fotos anstellt. Ich will sie wirklich dabei haben, aber nicht mit dem Ehering.«

»Das ist kein Ehering«, verteidigte sich Wanda.

»Sieht aber so aus. Anthony! Wen hast du mir da nur angeschleppt?«, rief er laut aus.

Anthony kam herbeigeeilt. »Gibt es ein Problem?«

»Sie will den Ring nicht abnehmen!«

»Oje. Wanda, Schätzchen, du musst den Ring abnehmen.«

Inzwischen liefen Wanda die Tränen übers Gesicht. Sie würde den Ring nicht abnehmen, lieber würde sie alles hinschmeißen. Williams Ring abzunehmen, selbst für die Dauer eines Tages, wäre wie Verrat an ihm.

»Und wenn sie ihn einfach an die andere Hand steckt?«, schlug der Fotograf nun vor, der ihre missliche Lage wohl erkannte. »Dann würde er nicht mehr wie ein Ehering, sondern wie ein Accessoire wirken.«

Anthony sah den Regisseur an, dieser sah sie an. Dann nickte er und alles atmete erleichtert auf. »Nun denn, lasst uns endlich beginnen.«

Wanda wechselte den Ring auf die andere Seite, jemand kam, um ihr die Tränen abzuwischen und das Make-up zu richten, und dann wurde geshootet.

Stunden später durfte sie endlich eine Pause machen. Der Fotograf namens Miles kam mit einem Zitronenwasser zu ihr. »Hier, trinken Sie. Sie müssen ganz ausgetrocknet sein.«

Sie nahm das Getränk dankbar an. »Danke schön. Auch dafür, dass Sie mich vorhin gerettet haben.«

»Keine Ursache. Ich rette gerne schöne Frauen.« Er grinste verlegen und kratzte sich am Hinterkopf. Dann lachte er. »Ich bin nicht besonders gut darin.«

Wanda errötete. »Das haben Sie eigentlich ganz nett gesagt.«

Sie betrachtete den Mann, der heute schon so viele Fotos von ihr gemacht, der sie aus jedem nur erdenklichen Blickwinkel gesehen hatte. Er sah wirklich gut aus. Er war das genaue Gegenteil von William. William war groß und muskulös, er hatte dunkelblondes gewelltes Haar und ein warmes Lächeln. Dieser Miles hier war mittelgroß und eher schlank. Er hatte dunkles, sehr kurzes Haar und ein schelmisches Lächeln, das sie einfach hinreißend fand.

Oje. Hatte sie das gerade wirklich gedacht? Oh nein! Sie durfte ihn nicht hinreißend finden.

»Na, dann bin ich ja beruhigt«, sagte er. »Ein paar von uns gehen heute Abend noch was essen. Haben Sie auch Lust mitzukommen?«

»Sehr gerne«, sagte sie, bevor sie überhaupt darüber nachdenken konnte.

Herrje, was geschah nur mit ihr? Solch Herzflattern hatte sie bisher nur bei William verspürt. Aber William war so unendlich weit weg ...

»Darf ich Sie etwas fragen, Miles?« Da gab es etwas, das ihr keine Ruhe ließ.

»Klar, alles, was Sie wollen.«

»Sind Sie schwul?«

Miles verschluckte sich an seinem Zitronenwasser. »Wie kommen Sie denn darauf?«

»Es tut mir leid. Ich dachte nur, vielleicht ... Na, Anthony ist doch auch schwul, und ich habe gehört, der Regisseur wäre es ebenfalls. Ich nahm an, dass es in dieser Branche üblich sei.« Sie war jetzt so rot im Gesicht wie eine Tomate. Man würde sie gewiss noch einmal nachschminken müssen.

»Nein, ich bin nicht schwul«, beruhigte Miles sie. »Ich bin aber anscheinend noch viel schlechter im Flirten, als ich angenommen hatte.«

Oh. Er hatte mit ihr geflirtet? Das hatte sie überhaupt nicht mitbekommen.

»Vielleicht darf ich heute Abend einen neuen Versuch wagen?«, fragte er schüchtern.

Wanda nickte und hatte sogleich ein unheimlich schlechtes Gewissen. Wenn William herausfand, was sie hier trieb, würde er sie sicher für immer verlassen.

Sie sagte sich, dass sie sofort damit aufhören musste. Und dennoch war sie den ganzen restlichen Nachmittag befangen und nervös. Als Anthony ihr dann sagte, der Regisseur habe sich dazu entschlossen, sie auch noch in dem Werbespot mitwirken zu lassen, was zweitausend Dollar extra geben würde, war sie wie benebelt.

Was geschah nur mit ihr? Einerseits war sie vollkommen angespannt, andererseits auch irgendwie kribbelig und aufgeregt. Sie folgte zwar den Anweisungen des Regisseurs, aber sie posierte nur für Miles.

Als ihr dann ein Band mit zwei Dutzend Luftballons in die Hand gegeben wurde, glaubte sie, davon zu schweben, so leicht und frei fühlte sie sich.

Kapitel 20

Nach einem fröhlichen Abend mit viel Musik (zu der sie mitgesungen hatte), Wein (den sie nicht angerührt hatte) und netten Menschen (von denen ihr Miles, der Fotograf, am besten gefallen hatte), war sie spät ins Bett gekommen.

Nun am nächsten Morgen konnte sie sich überhaupt nicht auf die Arbeit konzentrieren, nicht nur weil sie so müde war, sondern vor allem weil sie völlig durcheinander war. Weil sie nicht wusste, wie ihr geschah. Weil sie William gegenüber ein unheimlich schlechtes Gewissen hatte. Weil sie überhaupt nicht mehr klar denken konnte.

»Was ist denn nur mit dir los, Wanda?«, fragte Shana sie beim Verteilen der Medikamente.

»Ach, ich glaube, ich habe eine große Dummheit begangen.«

»Geht es um das Fotoshooting gestern? Ist da was schief gegangen?«, fragte Shana interessiert.

»Nein, im Gegenteil. Es war ganz wunderbar. Danach sind wir noch alle etwas trinken gegangen.«

»Und du hast zu tief ins Glas geschaut? Ich hätte es gleich wissen müssen: Du hast einen Kater!«

Wanda schüttelte den Kopf. »Nein, ich habe keinen Alkohol angerührt und mich mit Cranberrysaft begnügt.«

»Was ist es denn dann? Nun spann mich doch nicht so auf die Folter.«

»Weißt du, Shana, eigentlich möchte ich gar nicht drüber sprechen.«

»Ich bin eine gute Ratgeberin. Ich sag´s ja nur, falls du es noch nicht weißt.«

Wanda musste lächeln. Shana war vielleicht eine gute Ratgeberin, aber vor allem war sie neugierig.

»Na gut, ich erzähle es dir. Aber du darfst mit niemandem sonst darüber sprechen. Versprich es mir.«

Shana zog einen imaginären Reißverschluss über ihrem Mund zu, schloss ab und warf den Schlüssel weg.

Wanda atmete einmal tief ein und sagte: »Ich glaube, ich habe meinen William betrogen.«

»Ach du lieber Himmel! Mit so etwas hätte ich jetzt aber nicht gerechnet!«

»Ich fühle mich ganz schrecklich deswegen.«

»Erzähl mir mehr. Wer ist der Täter?«

»Es ist der Fotograf vom Fotoshooting, Miles.«

»Sieht er denn gut aus?«

»Sehr gut sogar.«

»Na, du bist Tausende von Meilen von deinem William getrennt. Da können die Hormone schon mal verrücktspielen, wenn du auf einen heißen Typen triffst. Nun sag mir: Was genau ist passiert? Du hast doch nicht etwa mit ihm ...«

Wanda sah Shana mit gerunzelter Stirn an.

»Na, hast du mit ihm geschlafen?«

Wanda riss die Augen weit auf. »Du liebe Güte! Nein! Ich spare mich bis zu meiner Hochzeitsnacht auf.«

Shana legte den Kopf schief. »Was hast du dann getrieben? Rumgeknutscht?«

Wanda schüttelte entsetzt den Kopf. »Natürlich nicht!«

»Händchen gehalten?«

»Nichts dergleichen. Ich habe aber mit ihm geflirtet, glaube ich.«

Shana brach in Lachen aus. »Du bist wirklich zu putzig, du kleine Miss Züchtig. Da ist doch nichts Schlimmes dabei.«

»Und warum geht es mir dann so schlecht damit?«

»Du meinst das ganz ernst, oder?«

Wanda nickte.

»Dann solltest du dir jetzt ganz schnell selbst verzeihen, denn es ist ja überhaupt nichts Schlimmes passiert. Und erzähl deinem William bloß nichts davon. Allein es zu erwähnen würde es schlimmer machen, als es wirklich ist. Hast du vor, diesen Miles wiederzusehen?«

»Er hat mir seine Nummer gegeben und mich eingeladen, einmal einen Tag am Strand mit ihm zu verbringen.«

»Tut es nicht. Ruf ihn nicht an. Es macht dich nur unglücklich, mein Kind. Du hast doch deinen William. Und bald bist du wieder bei ihm.«

»Ja, in nur sechs Wochen.«

»Das freut mich wirklich für dich. Du hast also tatsächlich vor, Miami nach sechs Monaten den Rücken zu kehren, wie?«

»So leid es mir tut, und so gerne ich auch bleiben würde, muss ich doch zurück.«

»Das scheint mir auch so. Du gehörst zu deinem William.«

»Ja, das tue ich.« Wanda fühlte sich gleich viel besser und war bestärkt in ihrer Liebe zu William. Shana hatte recht gehabt, sie war wirklich eine gute Ratgeberin.

»Danke, Shana. Dürfte ich jetzt einen kurzen Ausflug machen? Und ich müsste mir dafür Walter ausleihen. Ich plane eine große Überraschung für die Heimbewohner.«

»Oh, das hört sich aber aufregend an. Natürlich, wenn du Walter brauchst, nimm ihn gerne mit. Aber nicht, dass du mir nachher erzählst, du hättest ein schlechtes Gewissen deswegen deinem William gegenüber.« Sie grinste schelmisch.

Wanda musste lachen. »Nein, keine Sorge. Bei Walter werde ich mich wohl beherrschen können.«

Sie schnappte sich den älteren Herrn und fuhr zusammen mit ihm in den nächsten Elektromarkt, wo sie sich von ihm in Sachen Videospielkonsolen beraten ließ.

An diesem Nachmittag war die Freude groß, als sie den anderen ihre Überraschung präsentierte. Sie wollten alle sofort das Bowling-Spiel auf der Wii ausprobieren, was allen unglaublich viel Spaß machte.

Wanda wusste, der Model-Job hatte sich trotz allem gelohnt. Sie hatte jetzt sogar noch so viel Geld übrig, dass sie gar nicht wusste, was sie damit machen sollte. Wenn sie aber in die Gesichter ihrer Freunde blickte, war ihr klar, dass sie ihnen noch ganz viele Überraschungen bereiten wollte. So würden sie sie immer in Erinnerung behalten, wenn sie bald von ihnen ging.

Heute wurde noch nicht einmal nach einer Märchenstunde verlangt, so begeistert waren alle bei der Sache. Nur Evelyn klingelte nach ihr. Sie war bereits zu Bett gegangen und bat sie darum, ihr noch einmal das Märchen von Arielle zu erzählen. Wanda konnte ihr diesen Wunsch natürlich nicht abschlagen und setzte sich zu ihr.

Beim Licht der kleinen Nachttischlampe erzählte sie ihr, wie Arielle, die Meerjungfrau, sich in einen Menschen verliebte, und dann selbst zu einem wurde.

»Das war schön«, sagte Evelyn, als sie zum Ende gekommen waren. »Danke für all deine Geschichten und danke für deine Zeit, mein Kind.«

»Sehr gerne, Evelyn. Schlafen Sie gut.«

Sie streichelte der alten Dame noch einmal über die Wange und verließ dann das Zimmer. Als sie noch einen Blick zurückwarf, konnte sie sie lächeln sehen.

In diesem Augenblick konnte Wanda noch nicht wissen, dass sie Evelyn soeben ihr letztes Märchen erzählt hatte.

Kapitel 21

Der nächste Tag war ein trauriger. Wie immer, wenn einer der Heimbewohner von ihnen ging, herrschte eine melancholische Stimmung, die aber glücklicherweise nicht sehr lange anhielt.

Seit Wanda im *Coconut Home* arbeitete, waren bereits vier Menschen gestorben und es war nichts Außergewöhnliches, dass es nun Evelyn erwischt hatte. Dennoch traf es Wanda besonders schwer. Sie hatte die alte Dame sehr gern gehabt, sie war ihr ans Herz gewachsen und hatte ihr so oft ein Lächeln auf die Lippen gezaubert.

Am Nachmittag schlug Wanda Evelyns trauernden Freunden vor, ihr zu Ehren Apple Pie zu backen und ihn mit Evelyn in Gedanken zu essen. Dabei sollte jeder sagen, was er besonders an ihr gemocht hatte.

Als sie sich gerade an lustige Momente mit ihr erinnerten und dabei fröhlich lachten, stand plötzlich Michelle, Evelyns Tochter, im Gang und starrte sie schockiert an.

»Wie können Sie so fröhlich sein? Meine Mutter ist gerade gestorben! Ich dachte, Sie alle wären ihre Freunde gewesen?«

Wanda entschuldigte sich bei den anderen und ging hinüber zu Michelle. Sie nahm sie beiseite und sagte: »Ihr Verlust tut mir sehr leid, Michelle. Ihre Mutter war ein ganz besonderer Mensch. Wir alle hatten sie sehr gern.«

Michelle nickte. »Wie können Sie denn dann lachen, keine vierundzwanzig Stunden nachdem ...«

»Evelyn hätte nicht gewollt, dass wir Trübsal blasen. Sie war doch immer so ein fröhlicher Mensch, sie hätte gewollt, dass wir für sie ihren Lieblingskuchen essen und uns an sie erinnern. An die schöne Zeit mit ihr.«

»Welcher war ihr Lieblingskuchen?«, fragte Michelle und sah dabei unendlich traurig aus.

»Apple Pie.«

»Das wusste ich nicht.«

»Wir haben ihn in den letzten Monaten oft in ihrer Lieblingsbäckerei am Ocean Drive gekauft oder selbst gebacken. Das haben wir auch heute getan. Es ist noch genug übrig, möchten Sie ein Stück?«

»Ich habe keine Zeit, tut mir leid. Ich muss das Zimmer meiner Mutter leerräumen. Es ist eine Zumutung, das nur einen Tag nach ihrem Tod machen zu müssen.«

Wanda verstand gut, was Michelle meinte. Sie hatte es einige Male mitansehen müssen. Es war aber notwendig, dass das Zimmer so schnell wie möglich geräumt und gereinigt wurde, damit ein neuer Bewohner einziehen konnte. Sie hatten eine lange Warteliste.

»Möchten Sie, dass ich Ihnen helfe?«

»Das würden Sie tun?«, fragte Michelle.

»Natürlich. Kommen Sie, wir gehen und machen es gemeinsam.«

Das taten sie. Und dabei entdeckten sie nicht nur eine ganze Schublade voller kleiner Zuckerpäckchen, die Evelyn von überall mitgenommen zu haben schien, sie fanden außerdem einige alte Fotoalben, die sie sich gemeinsam ansahen.

Michelle ließ ihren Tränen freien Lauf.

»Sie war eine wundervolle Mutter und ich war eine so schlechte Tochter«, schluchzte sie.

»Ihre Mutter hat Sie sehr geliebt«, sagte Wanda.

Natürlich hätte sie jetzt sagen können, dass Evelyn sich sicher gefreut hätte, wenn sie öfter vorbeigekommen wäre, aber das hätte die Situation nicht besser gemacht.

»Ja, ich weiß. Ich wünschte, ich wäre für sie dagewesen – und nun ist es zu spät.«

»Es ist niemals zu spät.«

»Wie meinen Sie das? Meine Mutter ist tot.«

»Sie können es wiedergutmachen – in ihrem Namen. Sie wird es sehen, von da, wo sie jetzt ist, und sie wird sehr stolz auf Sie sein.«

»Glauben Sie wirklich, das geht?«

»Aber natürlich. Ich glaube an vieles, sogar an Märchen, wissen Sie denn nicht mehr?« Sie lächelte Michelle warm an.

Diese lächelte durch ihre Tränen zurück.

»Danke. Für alles. Vor allem dafür, dass Sie sich so gut um meine Mutter gekümmert haben.«

»Sie war eine tolle Frau, ich habe es gerne getan. Darf ich Sie etwas fragen, Michelle?«

»Ja, natürlich.«

»Was ist mit Ihnen geschehen?«

Michelle war eine Weile still, dann blickte sie auf und sagte: »Mein Mann hat mich verlassen, mein einziges Kind ist aufs College gegangen, und ich hatte nichts mehr. Da habe ich mich in die Arbeit gestürzt.«

»Sie hatten die ganze Zeit über etwas. Die Liebe Ihrer Mutter.«

Michelle weinte wieder.

»Ich werde versuchen, es wiedergutzumachen, das werde ich wirklich.«

»Daran habe ich keinen Zweifel.« Sie legte eine Hand auf Michelles Arm.

»Gibt es vielleicht doch noch Apple Pie? Ich glaube, ich könnte ein Stück Kuchen gut gebrauchen.«

Wanda stand auf. »Kommen Sie mit, wir holen uns jetzt ein Stück und Sie lernen dabei die Freunde Ihrer Mutter kennen.«

»Aber ich muss doch ... Es gibt so viel zu tun.«

»Das kann auch eine Stunde warten. Gehen wir.«

Michelle folgte ihr. Schüchtern betrat sie den Aufenthaltsraum, in dem noch immer Geschichten über Evelyn erzählt wurden.

»Haben Sie auch eine schöne Geschichte auf Lager?«, wandte sich Hannah irgendwann an Michelle.

Michelle lächelte und erzählte mit strahlenden Augen: »Kennen Sie schon die, wo meine Mutter den Obdachlosen auf der Straße die Haare geschnitten hat? Sie ist mit einer Schere rumgegangen und hat allen einen neuen Haarschnitt verpasst.«

Bei der Vorstellung mussten alle lachen. Ja, das war typisch Evelyn.

An diesem Tag wurden noch viele Geschichten erzählt und erst spät am Abend kamen Wanda und Michelle wieder dazu, Evelyns Zimmer weiter auszuräumen. Doch es machte ihnen nichts aus, die halbe Nacht zu arbeiten, es war eine heilende Tätigkeit, die sie beide sehr viel lehrte.

Kapitel 22

Drei Tage später bei Evelyns Beerdigung traf Wanda wieder auf Michelle. Sie schien ein neuer Mensch zu sein. Obwohl sie natürlich noch immer Trauer in den Augen hatte, wirkte sie viel leichter und lebensfroher, als wäre ihr eine Last von den Schultern genommen worden.

»Ich habe mich als freiwillige Mitarbeiterin in einem Jugendcenter gemeldet«, berichtete sie. »Ich denke, ich sollte auch endlich mal anfangen, etwas zurückzugeben, für andere da zu sein.«

»Ich bin sehr stolz auf Sie«, sagte Wanda und meinte es ehrlich.

Nach der Beerdigung, zu der leider nur wenige der Heimbewohner kommen konnten, veranstalteten sie im *Coconut Home* noch ihre eigene Trauerfeier.

»Ein Anruf für dich«, rief Valerie.

Wanda wunderte sich. Wer könnte das sein? Etwa wieder Anthony mit einem neuen Auftrag? Sie hatte ihm bereits gesagt, dass das eine einmalige Sache gewesen war.

Es war Miles.

Oh nein. Was sollte sie nur tun?

»Da du dich nicht bei mir meldest, dachte ich, dann muss ich mich halt bei dir melden«, sagte er. »Ich hatte deine Handynummer nicht, deshalb habe ich mir die Nummer deiner Arbeitsstelle rausgesucht. Ich hoffe, das war okay?«

»Ich habe kein Handy«, war alles, was sie sagte.

»Du bist wirklich nicht von dieser Welt, oder, Wanda? Also, hast du noch Lust auf einen Tag am Strand?«

Oh, wie sehr sie das hatte. Aber sie konnte nicht. Sie durfte nicht.

»Ich kann nicht, Miles. Es tut mir leid.«

»Ich meinte ja nicht gleich heute. Wann immer du einen freien Tag hast.«

»Der Ring an meinem Finger ... er ist ein Verlobungsring«, sagte sie, dabei bebte ihre Stimme.

»Du bist verlobt?«

Sie nickte, auch wenn Miles das natürlich nicht sehen konnte.

»Warum hast du nichts gesagt?«

»Es tut mir so leid.«

Sie hörte ihn einmal tief ein- und wieder ausatmen. »Ist schon okay. Es ist ja zwischen uns nichts weiter gelaufen. Vielleicht können wir ... Freunde bleiben?«

»Sehr gerne.« Sie war mehr als erleichtert.

»Ich muss dir trotzdem noch eins sagen, Wanda. Du bist ein außergewöhnlicher Mensch. Ich habe noch nie jemanden wie dich kennengelernt. Bitte behalte dir deine Art bei, ja?«

»Ich werde mein Bestes geben.«

»Ich hoffe, dass du glücklich wirst.«

»Ich bin es schon.«

Lächelnd legte sie auf. Da konnte sie noch nicht wissen, dass ihr Glück schon bald getrübt werden würde ...

Am nächsten Tag, als sie gerade mit einigen älteren Damen im Garten Gymnastik machte, dachte sie, sie träume, denn plötzlich nahm sie jemand Wohlbekanntes aus den Augenwinkeln wahr.

»Mutter?« Mit großen Augen starrte sie sie an, ungläubig, überrascht, völlig verwirrt.

Das konnte doch nicht sein! Ihre Mutter in der Realen Welt? Das war doch nicht möglich!

Doch Arielle kam nun lächelnd durch den Garten auf sie zu und nahm sie herzlich in die Arme.

»Wanda, wie schön es ist, dich zu sehen.«

»Wie kann es sein? Mutter, was machst du denn hier in Miami?«

»Ich bin nicht ohne Grund hier, wie du dir sicher denken kannst. Aber lass uns, sobald du die Zeit dazu findest, einen Spaziergang machen, dann erkläre ich dir alles.«

Wanda nickte und stellte erst einmal allen ihre Mutter vor.

»Arielle, die Meerjungfrau, schön, Sie kennenzulernen«, sagte Trudy kichernd.

Ihre Mutter sah sie mit einem fragenden Blick an.

»Sie glauben nicht wirklich, dass du Arielle bist«, erklärte Wanda schnell. »Es ist nur ein Spiel. Ich bin hier nämlich die Märchenerzählerin.«

»Sie erzählt die besten Märchen«, sagte Hannah.

Wie schade, dass Evelyn nicht mehr unter ihnen weilte. *Arielle* war immer ihr Lieblingsmärchen gewesen, sie hätte sich sicher gefreut, die »echte« Arielle einmal kennenzulernen.

»Ich freue mich sehr, dass meine Tochter so einen guten Eindruck macht hier in der Re ... in Miami.« Arielle lächelte.

»Nach dem Mittagessen, wenn alle ihr Mittagsschläfchen halten, finde ich bestimmt die Zeit für einen Spaziergang«, sagte Wanda ihr.

Arielle nickte, sah ihrer Tochter dabei zu, wie sie die alten Damen unterhielt, sie fütterte und dann zu Bett brachte. Dann hatte sie endlich Zeit für sie.

Wanda zeigte ihr als Erstes ihr hübsch eingerichtetes Zimmer mit den vielen Orchideen, nahm sie mit zum Ocean Drive, brachte sie an den Strand, ging mit ihr die leckeren Calamari essen und fragte sie dann besorgt: »Warum bist du hier,

Mutter? Wie hast du es überhaupt geschafft, in die Reale Welt zu kommen? Ich dachte, das wäre allein den Prinzessinnen vorbehalten?«

»Ich glaube, ich bin tatsächlich die Erste unter den Prinzessinnenmüttern, die sich auf in diese Welt gemacht hat. Aber ich fand einfach, ich musste es tun. Wanda, es ist etwas geschehen. Und du musst ganz tapfer sein.«

»Oh, Mutter, bitte sag es mir doch.«

»Ich habe den Hohen Rat gebeten, zu dir zu kommen und es dir persönlich zu sagen. Damit du dein Magical abbrechen und frühzeitig zurück nach Hause kommen kannst.«

Ihr Magical abbrechen? Jetzt machte ihre Mutter ihr Angst.

»Mutter, bitte.«

»Es betrifft William.«

»William?« Ihr Herz setzte aus. Was war ihrem William denn zugestoßen?

Ihre Mutter nickte. »Er ist bei einem Ausritt vom Pferd gefallen und hat sich schwer den Kopf gestoßen. Er liegt seitdem im Koma.«

Wanda begann zu weinen. »Oh nein. Wann ist das denn geschehen?«

»Schon vor sechs Wochen.«

Vor sechs Wochen? Während sie hier Apfelkuchen gebacken und mit Luftballons posiert hatte, hatte William in Lebensgefahr geschwebt und sie hatte nichts davon gewusst?

»Oh nein, armer William. Was kann ich tun? Warum bist du hier? Woher weißt du überhaupt ...« Sie verstand gerade gar nichts.

»Ich bin deine Mutter, mein Schatz. Natürlich weiß ich, dass du seit zwei Jahren unsterblich in William verliebt bist.«

Wanda hatte nichts geahnt. Sie dachte, es besser verheimlicht zu haben.

»Ich mag William und finde, ihr beide passt fabelhaft zueinander. Ihr werdet ein traumhaftes Prinzenpaar abgeben. Aber zuerst müssen wir ihn wieder aufwecken aus seinem Schlaf.«

»Ich verstehe nicht recht ...«

Sie war verzweifelt, machte sich Sorgen, hatte Angst um ihren William.

»Der Arzt sagt, dass jetzt nur noch der wahren Liebe Kuss helfen kann. Du musst dich also schnellstens auf nach Fairyland machen, bevor es zu spät ist.«

»Mutter, warum hast du das nicht gleich gesagt? Bevor wir am Strand entlangspaziert sind und Calamari gegessen haben?«

»Es war vielleicht ein wenig egoistisch von mir, verzeih. Aber ich wollte so gerne auch mal einen Tag in der Realen Welt verleben. Wenn er auch nur sehr kurz angedauert hat.«

Sie verstand ihre Mutter nur zu gut. Und sie verzieh ihr natürlich sofort. Nun aber mussten sie so schnell wie möglich zurück zum *Coconut Ho-*

me. Sie musste die Lage erklären, ihre Sachen packen, sich von ihren Freunden verabschieden. Sie verteilte ihr Geld, ihre Orchideen und ihre anderen Habseligkeiten unter den Bewohnern, denn sie konnte sie nicht mitnehmen. Shana schenkte sie einen Hunderter, damit diese sich endlich einmal die Massage erlauben konnte, nach der sie sich schon so lange sehnte.

»Können wir nicht ein letztes Mal Apple Pie backen?«, fragte Trudy.

»Es tut mir leid, aber das geht nicht. Mein William ist krank, ich muss schnell zu ihm.«

»Dann wünsche ihm bitte gute Besserung von uns«, sagte Hannah. »Den Kuchen können wir sicher auch alleine backen. Du hast uns ja gezeigt, wie´s geht.«

»Das schafft ihr ganz sicher. Und denkt an mich, wenn ihr ihn verputzt.« Sie lächelte alle noch einmal an und verabschiedete sich nacheinander von ihnen.

»Wir werden dich so vermissen«, sagte Trudy.

»Ich werde euch auch vermissen. Passt bitte gut auf euch auf, ja?«

»Machen wir. Werden wir dich je wiedersehen?«

»Wer weiß?«, sagte sie augenzwinkernd. Die Aussicht darauf war zwar sehr gering, aber manchmal wurden Wunder wahr.

Sie winkte ihren Freunden noch einmal zu, lief dann mit ihrer Mutter zum Strand und tauchte ab ins Meer, wo tief am Grund das Portal zu sehen war, durch das sie jetzt zurück nach Fairyland gelangten.

Epilog

Wanda saß an Williams Seite, hielt seine Hand, betete, dass er wieder aufwachen möge.

»Mein Liebster, werde wach, oh bitte. Werde wach für mich.«

Sie beugte sich über ihn und küsste seine Stirn.

Er rührte sich nicht.

Wanda versuchte es erneut. Diesmal fiel eine Träne von ihrem Auge auf seine Wange hinab. Sie wischte sie weg und küsste ihn auf den Mund, lange und zärtlich und mit all der Liebe, die sie für ihn empfand.

Und da öffneten sich seine Augen.

»William!« Sie begann zu weinen. »Es hat funktioniert. Du bist erwacht.«

»Was ist geschehen?«, fragte er.

»Du bist vom Pferd gestürzt und lagst viele Wochen im Koma.«

»Aber … was machst du denn hier? Solltest du nicht in Miami sein?«

»Man hat mich zurückgeholt. Um dich zu retten.«

»Dann bist du also meine Lebensretterin, ja?« Er lächelte glücklich.

Sie nickte aufgeregt, nahm wieder seine Hand, legte ihren Kopf auf seine Brust. »Ich lass dich nie mehr allein.«

»Oh, Wanda. Was wird denn nun aus deinem Magical? Und deiner Prüfung?«

Das fragte sie sich auch. Einige Tage später aber, als sie vor den Hohen Rat trat, verkündete dieser ihr, dass sie die Prüfung bestanden hatte. Sie hatte in den fünf Monaten ihres Magicals eine ganze Menge Menschen glücklich gemacht, ihnen die Märchen wieder nähergebracht, sie wieder an Wunder glauben lassen. Sie hatte ihre Aufgabe erfüllt.

Wanda bekam ihr Prinzessinnen-Zertifikat und war jetzt eine waschechte Prinzessin, eine heiratsfähige Prinzessin.

Sobald William wieder wohlauf war, begab er sich zu ihrem Vater und hielt um ihre Hand an. Natürlich war Prinz Eric einverstanden und überließ ihm seine Tochter, der man in jeder Sekunde ansah, wie sehr sie William liebte.

Sie wollten noch auf Williams Schwester Rosaly warten. Sobald diese von ihrem Magical in New Orleans zurück war, sollte Hochzeit gefeiert werden.

Nur kam diese nicht zurück.

Am Tag, an dem das Magical endete, erfuhren sie vom Hohen Rat, dass einige Prinzessinnen nicht zurückkommen würden. Sie hatten beschlossen, in der Realen Welt zu bleiben. Rosaly war eine davon. Lizzy eine andere.

Wanda war traurig. Sie würde auf diese Weise einige gute Freundinnen verlieren. Aber dennoch überwog die Freude. Und Dornröschen, die nun ihre Tochter Rosaly gehen lassen musste, war froh, in ihr eine neue Tochter gefunden zu haben.

An einem sonnigen Tag auf einem wunderhübsch mit weißen Orchideen geschmückten Schloss wurde Hochzeit gefeiert. Wanda trug ein weißes Kleid und eine Muschelkette, zu essen gab es neben vielerlei märchenhaften Köstlichkeiten auch Apple Pie, den Wanda sich mehr als alles andere gewünscht hatte. Ihre Zeit in Miami war nun ein Teil von ihr, der sie für immer begleiten würde, und zu ihrer Hochzeit Apple Pie zu essen, war fast so, als wären ihre Freunde aus dem *Coconut Home* bei ihr.

»Ich liebe dich, William«, sagte sie als seine frisch gebackene Ehefrau.

Sie standen Seite an Seite auf der Schlossterrasse und blickten über das weite Königreich, das eines Tages ihres sein würde.

»Und ich liebe dich, Wanda. Du kannst dir gar nicht vorstellen, wie glücklich ich bin, dass du zurückgekommen bist.«

»Ich habe es doch versprochen.«

»Und deine Versprechen hältst du immer«, wusste er.

»William, ich habe eine Bitte.«

»Ich werde dir jeden Wunsch erfüllen.« Liebevoll sah er sie an.

»Ich würde gerne unsere erstgeborene Tochter Evelyn nennen.«

William nahm ihre Hand und drückte sie. »Ein schöner Name.«

Wanda nickte und erwiderte die Geste.

Ebenfalls erhältlich:

Band 1 der Princess-in-love-Reihe:

In diesem ersten Band der Princess-in-love-Reihe begleiten wir Lizzy, jüngste Tochter von Cinderella und Prince Charming, nach New York City. Wird Lizzy ihre Prüfung bestehen und wird sie ihren Prinzen vielleicht sogar inmitten von Wolkenkratzern statt von Märchenschlössern finden?

Band 2 der Princess-in-love-Reihe

Rosaly, Tochter von Dornröschen und Prinz Philipp, darf ihr Magical in New Orleans absolvieren, wo sie den Liebenden als Hochzeitsplanerin behilflich sein soll. Schon am ersten Tag begegnet sie dem Jazzmusiker Henry, jedoch hat sie für eigene Liebesangelegenheiten leider kein ganz so gutes Händchen.

Ab Juni im Handel:

Band 4 der Princess-in-love-Reihe

Schneewittchens Tochter Julia darf ihr Magical in Los Angeles verbringen. Dort arbeitet sie als Kellnerin in einem kleinen Diner, wo sie den Gästen aber nicht nur Burger und Fritten serviert, sondern auch gute Ratschläge in Sachen Liebe. Schon bald stehen die Leute Schlange bei ihr, denn es spricht sich herum, dass sie getrennte Liebende wiedervereint, hoffnungslosen Junggesellen zu ihrem Glück verhilft und vor allem, dass sie selbst noch Single ist.

14639460R00087

Printed in Poland
by Amazon Fulfillment
Poland Sp. z o.o., Wrocław